이마냥 시집

절망을 넘어서는
가볍고도 단단한
돌팔매질

어퍼컷

창조와 지식

*책 속에 있는 QR코드를 통해 저자가 직접 낭송한 오디오파일을 들어보실 수 있습니다.
*출퇴근길, 운전할 때, 잠들기 전, 카페에서, 심심풀이용으로 좋습니다.
*다운받아서 편하게 들어주세요. 저작권법에 저촉되는 음원 복사 및 배포를 금합니다.

어퍼컷

초판 1쇄 발행 2024년 12월 18일

지은이_ 이마낭
펴낸이_ 김동명
펴낸곳_ 도서출판 창조와 지식
디자인_ 이마낭
인쇄처_ (주)북모아

출판등록번호_ 제2018-000027호
주소_ 서울특별시 강북구 덕릉로 144
전화_ 1644-1814
팩스_ 02-2275-8577

ISBN 979-11-6003-840-8 (03810)

정가 13,000원

어 퍼 컷

이마냥 시집

호모 티모로수스

매머드 화석을 만났다

태초의 인류도 저렇게 거대했을 거야
어쩌다 이렇게 쪼끄매졌지?

겁이 많아서
응?

공룡이 어떻게 멸종했는지
지층을 거슬러 핏속에 스며든 내력을 물어보신다면
지질한 지질학이니 고고한 고고학이니
안쓰로폴로지는 이 몸이 또 안쓰러운지라 그딴 건 차치하고
한마디로 제 덩치만 믿고 깝쳤던 것이라

이를테면 깔깔대는 골리앗의 콧구멍을 향한
초고속으로 포물선의 궤적을 그리며 돌진하는
꽉 쥔 주먹 속 단단히 박힌 굳은살의 포효랄까

살아남는 건 대체로
헐떡이는 숨으로 용솟음치는 겁을 꾹꾹 눌러 담아
한순간에 터뜨려야 했던, 보다 작은 쪽이었으니
흐르는 물 덮쳐오는 바람에 깔깔대며 서 있지 않기
풍화되고 침식되며 기꺼이 가벼워진다

시를 쓰며 내 안에 자리 잡은 겁에게 말을 건네본다
그곳에선 한없이 귀엽고 섹시하고 유쾌하고 싶은
부끄럼 많은 한 소년이 웅크린 채 눈만 끔뻑이고 앉아있었다
시를 쓴다는 건, 고 조그만 어깨를 꾹꾹 눌러주는 일
불안과 확신, 불가능과 가능, 결코 닿을 수 없는 평행선 사이
투명한 거미줄을 달아 새로운 공간을 창조하는 일
그 안에 머무르며 이따금씩 손을 흔드는 일
무심한 뒤통수를 향해 돌멩이를 던지고는 잽싸게 숨어 낄낄거리는 일
있다고 뻐기지 말고, 없다고 초조해 말고
어제보다 더 뻗은 실금, 쌓여가는 가루에 만족하며
뿌듯한 매 순간순간들로 하루를 채워내는 일

시가 과연 세상을 바꿀 수 있을까
내 손을 잡아준 너에게, 내가 한 송이의 구원이 될 수 있을까
아니라고, 말도 안 된다며 지레 손사래를 쳤었지
앞으로는 분명히 그럴 것이라고 자신 있게 답하고 싶다

또다시 겹겹이 불어난 겁을 한 아름 지고 살아갈 테지만
그조차도 한 톨의 굳은살로 배겨지며
단단하면서도 가볍게 넘어설 수 있기를 바랄 뿐이다

이것이 나의 생존방식이며
세상을 향한 돌팔매질이다

*호모 티모로수스(Homo Timorosus): 겁 많은 사람 (라틴어)

차례

2부 오스모시스

3부 아버지가방에

4부 호의주의보

1부

중요한마음

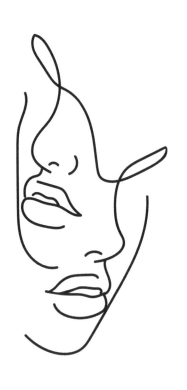

바이러스

그들은 대체로,

끈질기다. 생존에 최적화되어 잠복과 변이에 능하다. 때와 장소에 따라 누구는 금 달고 누구는 별 달고 누구는 꽃 달고 누구는 펜 달고. 환경에 재빨리 적응하고 저항을 회피하며 생존을 위해 여러 전략을 구사한다. 잊어, 좋은 게 좋은 거. 이놈 잡어, 딱 보니 콩사탕. 숙주에게 질병을 유발하고 면역체계를 약화시키지만 결코 아랑곳하지 않는다. 오로지 감염을 통한 다른 숙주로의 전파, 그를 통한 동족의 생존만이 유일한 목표이자 사명이다.

반이다. 半생물. 反생물. 叛생물. 反省無. 반이반이반이반이 당근당근. 반반하고 반하고 자시고 간에, 빤하다. 뻔하고 뻔뻔하고. 말하는 뽄새부터 뻥이고. 그럼 그렇지 니뽄인데. 니뽕이다. 쥐, 닭, 돼지 등을 통해 오기도 한다. 인수공통. 반인반수. 반인반신. 늘 반신반의할 것. 돌다리도 두들겨 보고 건널 것. 디딘 자리가 물컹하더니 팔딱거리며 가라앉는다. 힝, 속았지, 마지막은 도다리였지롱.

주로 탄탄한 것들에 취약하다. 강력한 방역시스템. 촘촘한 마스크. 건강한 몸과 마음. 높은 면역 상태. 마치 헌법같이. 역사정신, 민족정신, 민주주의, 겨레의 얼 같이. 높고, 정의롭고, 숭고한 것들. 납작 바닥에 엎드렸다가도 조금이라도 갈라진 틈이 보일라치면 머리를 뾰족하게 갈아 기어코 구멍을 뚫고 기어들어 온다. 속된 말로 아주 꼬롬하다. 혈관을 타고서 신경계를 타고서 마침내 뇌관을 움켜잡은 다음에는 칼을 차고서 단상에 올라 외칠 것이다. 보라, 여기 새로운 정의가 도래했노라.

 다시, 을씨년이 온다. 이미 발악은 시작되었다. 눈을 떠라. 이마저 반복되어선 안된다.

중요한 마음

중요한 것은

쪽바르게 가는 마음, 저 구름 너머
쪽빛 하늘에 핀 쪽달 우러러
쪽팔린 줄 아는 마음, 고작
쪼깐한 주제에, 거창한
쪽수인 척 밀어붙이지 않는 마음

쪼개진 족족
쪽 빨아주는 쪽
쫙 찢어발길 쪽
쪼맬 생각은 전연 없고
쫓아낼 궁리만, 뭐라건 내
쪼대로, 달콤한 말만 골라
쪼으다, 으이구 저
쪼다, 어디 쓸 데도 없네
주워다, 여기엔 없습니다
주어가

어퍼컷

아이히만의 망령이 이 땅을 배회하고 있다

무릎에 턱을 괴고 앉아
목덜미를 주무르는 손길에 속수무책으로 헥헥거리는
던지면 달려가고 또 던지면 날아가고
쪼르르, 어김없이 다가와 침을 흘리며 앉는
그 안엔 도무지 생각이 들어갈 틈이 없다

소크라테스는 사람이다 소크라테스는 죽는다
돼지는 사람이 아니다 그래서인지
이젠 죽음도 거부할 수 있다고 믿는다

허공을 향해 세찬 감자를 날리던 그는 지금
자신의 주먹이 어디로 향하고 있는지 모른다
링 위에는 아무것도 보이지 않는데
혼자 비틀대며 버둥거리던 끝에 뭔가를 움켜쥐고는
보세요 제가 잡았어요 우리가 해냈어요 한다
심판도 지켜보던 관중들도 일제히 눈을 질끈 감는다
한 손으로 시퍼렇게 물든 눈두덩을 짚으면서
이 새끼 짓이에요, 얼른 잡아넣어요
다시 반대편 손으로 자기 얼굴을 흠씬 두들겨 팬다

분에 못 이긴 그 주먹은 결국 바닥을 향할 것이다
벽에 금이 가고 땅이 갈라지는 순간이다
사각 링을 둘러싼 지층부터 쩌억
이윽고 떨어져 나온 네모난 섬 하나
단상처럼 봉긋 창공을 향해 끝없이 솟아오르며
가까스로 매달린 목소리는 걷어차 버리고
감히 그에게 맞섰던 사람에게는 글라스 한 잔이 배달될 것이다
독선과 아집의 주먹으로, 공정과 상식을 비틀어 짜낸 검은 물
검지손가락 하나 하늘 위로 높이 치솟으면
잔을 건네던 이들마저 뒤돌아 손바닥에 얼굴을 묻고
곧이어 쩽그랑 비명소리가 울려 퍼질 것이다
아마 저녁엔 어디서 줏어 온 챔피언벨트 하나 두르고서
거나하게 취해서는 또 팔을 휘두르고 있겠지

그는 알지 못한다
그가 단상이라 믿고 꽉 붙들고 있는 그 자리가 실은
가장 위태로운 자리라는 것. 곧 산산이 조각나고 무너져내리며
손바닥만큼만 남게 될 거라는 것
박수치고 환호하던 이들 모두 등 돌려 떠나버렸고
비상구 불마저 꺼져버린 컴컴한 경기장
한 발 디디면 닿을 곳은 낭떠러지뿐이다

배에 힘 꽉 주세요
지금 배달 갑니다
쓸 말 하나 없는 그 턱을 향한
날카로운 우리들의 어퍼컷

윤피스

그래 이거야. 이 한 방이면 분명-

소년은 피가 끓기 시작했다
손바닥에 고이 새겨진
모두의 가슴에 시커먼 용광로를 터뜨릴
딱 세 글자

지도를 펼쳐 바다 한가운데
손바닥 도장을 찍었다
놀라지 마십쇼, 확률은 손가락 하나
속는 셈 치고 다섯 번만 해보시라니깐

아니 뭣 하러 장을 지집니까
내 돈도 아니고

성대하게 터질 거라 호언장담했던 잔치도
맥없이 날라가버렸었는데
몸과 마음의 아픔 기댈 곳 사라져
불안한 밤 뜬눈으로 지새우기를 벌써 여러 날인데
불쑥 바람 타고 날아온 괴이한 물체들과
언제 머리 위로 터질지 모를

흉흉한 소문들만 무성한 오늘

뱃머리에 올라 한쪽 발 난간에 척 걸치고서
밀짚모자 두르고 허공을 향해 팔을 추켜올리며
자꾸만 구름을 향해 달려가자고 한다
아임 플라잉 아임 플라잉
옆구리에 손을 대기만 하면
보란 듯이 팔을 허우적거려줄 줄 안다

잭, 그러고 보니 아까부터 빙빙 거리는 저거
갈매기 아니고 참새 같은데
포말 아니고 보리 이삭 같은데
휘청거리다 잡았던 당신 팔뚝
아무래도 나무 작대기 같았는데
있어야 할 독도는 안 보이고
캄캄한 절벽만 앞니를 번뜩이고 다가오는데
설마 아니죠? 정말 괜찮은 거죠?

믿고 맡겨주십시오
믿음이 그대를 자유롭게 하리니

P.S. 불신, 구속?

행위예술가 K에 대한 헌사

여기 일생동안 예술을 위해 산 분이 계시다 *

전문적인 교육 과정을 이수하여 취득한
미술과 경영에 관한 수많은 학위
수준 높은 논문 혁혁한 연구성과
상아탑 끝까지 뻗친 눈부신 미모와 지성
베꼈다고 부풀렸다고 함부로 지껄이지 말라
흠모한 나머지 어제가 오늘을 훔쳐본 것
영광인 줄 알아야지

이제 그 발자취는 미술계와 기업과 강단을 넘어
한반도 급기야 세계 각지로 널리 퍼져가는 중
경계를 허물고 고정된 관념을 깨뜨리는 것이
예술가 본연의 자세라면
그 걸음걸음이야말로 예술 그 자체일지니

코스닥 시세판을 캔버스 삼아 빨강 물감 파랑 물감
마치 잭슨 폴록이 현신한 것만 같아
고속도로도 그 앞에선 한낱 오브제일 뿐
영험한 기운을 끌어모은 과감한 붓 터치

---

* 기형도 〈홀린 사람〉: "여기 일생동안 이웃을 위해 산 분이 계시다"

신이 날아든다 온갖 잡신이 날아든다
가방 위에도 양주 위에도 화장품 위에도
외교 순방길에도 사법 검찰 학계 정당 시스템 위에도
하물며 군대 조직 위에서도

촘촘한 레이저로 둘러싸인 법망을 요리조리
날렵하고도 뻔뻔한 그 춤사위는
미션 임파서블의 톰 크루즈조차 혀를 내두를 것

이 땅의 미래가 궁금하거든
고개를 들어 그분을 보게 하라
이미 그분을 주인공으로 한 많은 사진들이
이 나라가 꼭 한 편의 전시회인 것처럼 말해주고 있다
불쌍한 아이를 끌어안은 저 온화한 얼굴
이제나저제나 이제는 에코백으로도 환경을 걱정하는
그 자태는 세기의 배우 오드리 헵번과 비견할 만하다

그분의 아름다움을 칭송하는 이 시도
당당히 기록물의 반열에 올려
국가 차원에서 기념하고 관리하며
대대손손 기려야 함이 옳다

정 못하겠다면
그분의 책상 위 수북이 쌓인
가래침 묻은 휴짓조각이라도 될 수 있게 하라
그렇게 될 수만 있다면
당장 불태워진대도 여한이 없으리

59 대 1

이런 사람 꼭 있다

구두째 대중교통 좌석에 발 올리는 사람
그 구두에 양말 꾸겨 넣고 양주 말아주는 사람
그래 놓고 59분을 지 혼자 줄창 떠드는 사람
응? 방금 누가 스쳐 지나갔다고?

남은 1분도 딱히
남이 하는 말을 듣고 있진 않았을 거라고
기껏, 이따 뭐 먹지 하는 정도?

한 시간을 5년으로 치면 1분이면 한 달 남짓
구름 위에 고고히 떠 계시던 그분들께서
트럭 타고 친히 왕림하시어
악수를 청하고 눈물로 읍소하고
주인으로 섬기리라 시늉이라도 했던 시간

봄날의 꽃비 같던 그 1분을 끝으로
59분을 통째로 볼모 잡았다 생각했겠지
말뿐인 소통보단 소똥이 낫다
이건 뭐 술에 쩔어 거름조차 못되니

사람이 아닌 국가에 충성한다더니
스스로 국가가 되어 충성을 논하는

열중쉬어도 모르는 하나 때문에
모두가 차렷 자세로
꼼짝도 못 하고 숨죽여야 했다

300개의 좌석 위로 구둣발이 올라간다
크리스마스 선물이라며 양말 속에 졸졸졸
대부분 거들떠도 안 보겠지만
60분의 1 해서 다섯손가락, 그가 아닌
스스로의 생존을 향한 충성심 원샷

지나가 버린 높은 시절엔
비행기를 타고 사진을 찍는 예쁜 꿈도 꾸었지
손바닥에 고이 새겨진 한 글자
눕혀놓으니 어째 창살처럼 보이기도

얼마 남지 않았다
59개의 초침이 일제히
한 칸을 가리킬 그 순간

---

* "지지율 1퍼센트가 되더라도 나라와 국민을 위해 옳은 일을 하겠다." 그의 말
이다. 100 나누기 60은 1.67, 그가 생각하는 그의 나라와 그를 인정하는 국민
은 오로지 그의 한 줌 손바닥 안에 있을 뿐이다.

날아라 진빵맨

어디선가 누군가에 빨간 냄새가 풍기면
빵빵빵빵빵빠앙과 엄청난 기운이
증빙 없이 출근 없이 솟아난다
카드는 나의 위세 팔도를 누벼라

보람찬 하루 일을 끝마치고서
흩날리는 빵가루 속에서 내 팥앙금이 느껴진 거야
터덜터덜 비에 젖은 망토 끌고서 왔단다
내가 왔단다, 바그다드 모래바람 모두모두 비켜라
왼쪽으로 틀어진 이 세계, 법과 색깔과
역사의 저울과 미래의 항로를 돌리기 위하여
오늘도 혀에 와인을 바르며 고군분투 중

  얼른 받으시게, 새로운 얼굴일세
아니 당신은? 감히 제가 이런 걸 받아도
  걱정일랑 접으시게, 먹고 입고 마시는
  그 모든 것, 히어로 본연의 임무라는 사실
  잊어선 안 되네, 자네가 우리의 마지막 희망이야
네, 저 잘 해낼게요, 휴일에도 새벽에도 방방곡곡
뺀질나게 돌아댕기며 열심히 긁고 마셔댈게요

용감한 어버이의 친구 우리우리 진빵맨
노조맨 혼내주는 우리 진빵맨
아 아 진빵맨 우리 우리 진빵맨
정의로운 그 이름 우리 진빵맨

읽고씹니즘

이제 먹고사니즘도 다 옛말
요즘 대세 읽고씹니즘

한 뼘도 안 되는 공간을 부여잡고
양쪽 엄지를 펄떡거리다 보면
온 지구를 갈아 세운 발톱이
쓰나미가 되어 몰려오고

문자 마케팅의 정석
열 번 찍어도 안 넘어가면
연장 바꿔 될 때까지-
변검 공연 속 신들린 손에 감춰진
알록달록 가면들 속에 파묻혀
오늘도 황홀한 꿈을 꾸었습니다

"분리배출을 생활화합시다"
무엇을 읽고 어떤 것을 삼킬 것인가
퉤, 침 섞어 도로 뱉을 것들과
앙, 이빨 자국만 남길 것들
웩, 두 번 냄새 맡았다간 일 치르겠네
휙휙, 그 판단이 바로 안 되나?

중요한 마음

그럼 밟힐 때까지 기다리든가

네깟 게 감히 날 씹어?
오해야, 너무 잘 썼길래 다른 사람인 줄
스미싱 피해 신고 국번 없이 118

승리의 브이자에 심취하신 그분은 어쩌면
진화의 정점에 서 있는지도 모른다
보는 사람 속이 뒤집어져도 휙휙
듣고 싶은 대로 믿고 싶은 대로
꿋꿋하게 해맑게 자신 있게

되로 씹는 사람은 말로 씹어주면 되고
제발 읽어주세요 애원하는 목소리는
냅다 도끼날 위로 던지면 되고
그 어떤 순간에도 가면만 바꾸면
어김없이 나를 위해 울어 줄 도끼들이 있으니

높은 곳에서 만끽하는 이 위스키의 맛
거 참 좋지 아니한가

＋ 이젠 대놓고 무시하네 ——;;

☺ ▷

指네마천국

두 손 정위치
모 나 와 라 Jaw Killed Lambs ;
암전, 거기서 뒤편, 거기서도 더 깊숙이 파고 들어갈 것

갓 피어난 천체로부터 중력장이 뒤집어진다
덜컹이는 영사기 끝 터지는 빛의 파편
양떼 같은 정수리들 박차며 거침없이 활공
벽과 부딪히는 순간 송곳니는 점화되고
이어지는 잿가루의 행렬, 현실의 경계를 허무는
봤지? 내 주위로 전부 빙글빙글 돌고 있는 거
밖에선 별 한 줌 없지만 이곳에서만큼은
몸소 태양이 되어 잠든 너희들 위로 올라설 수 있지

씰룩대는 눈꺼풀 아래 한 겹 덧칠한 커튼
거 봐 아무도 신경 안 쓴다니깐 내가 누군지
진실은 어딘지, 타들어 가는 동공 속 핏망울
깔깔거리다 발발거리다 하품하고 돌아서면 그뿐

어디선가 개구리 한 마리가 목격되었다는 소문
쪼그라든 배만 동동 띄운 채, 팔딱거림도 울음도 없이
그걸 나한테 왜, 내가 언제, 그럼 너희는, 그러게 하필

왜 그 자리에 있어서, 밤새도록
시끄럽게 울어대서, 고작
이 정도도 못 이겨내서, 이토록
관대하고도 틀림없는 나라서, 자꾸만
내 눈에만 앵앵거려서, 주제에 감히
견고하고도 눈부신 나의 정원에 뛰어 들어와서

다시 엔딩 크레딧, 빛이 들어오면
팝콘 부스러기를 털며 분주히 줄을 서는 엉덩이들
초록 사람이 손짓하는 그 한 점을 향하여
모두가 어기적어기적 기어간다
아직은 그들도 알아채지 못한다
한 곳을 보며 같이 낄낄거리던 그 시간 동안
어느새 서로 조금씩 닮게 되었다는 사실
제아무리 푹신한 솜을 덧대어보아도
애써 독한 향수로 덧칠해보아도
나의 빛으로 흥건히 적셔진 정수리에선 꼭
같은 파리들이 꼬인다는 그 사실을

지금, 쇠사슬로 빚은 거미줄의 손길이
천국의 문을 옭아매고 있다

---

* 손가락 지(指)

헬멧 속 길 잃은 메콩강이 울고 있다

어째서 시련은
예기치 않은 빗줄기처럼 고양이 걸음으로 다가와
꼭 움푹 팬 그 자리에 고이고 마는가
긁힌 자리만 골라서 기어코 딱지를 터뜨리는가

미처 손 쓸 틈이 없었다는 그 말은 거짓말
이마를 훔치며 올려다본 하늘엔 구름이 있고
완만한 곡선을 그리며 새들은 창을 가로지른다

이름을 바꿔도 머리와 얼굴을 바꿔도
어둠은 그대로인 어제의 구렁텅이 속으로
말도 잘 통하지 않는 이들을 내몰았던 탓

애타는 마음 뜨거운 한숨
보듬어 안는 손길엔
주소도 국경도 없다는 사실

그러나 경중은 있다
엄마 젖 내음처럼 포근히 안아주던 강줄기
아빠 어깨처럼 묵묵히 지켜주던 산맥
그들을 모두 뒤로 한 채 날아온

한 줄기 등대 빛 같은 소망을 알기에
그 마지막 불꽃을 짓이겨버렸기에
우리는 더욱더 고개 숙여야 한다

더 단단히 손을 맞잡고
쭈그려 다가가 눈을 맞추며
서로의 신발 끈을 고쳐 매어 주어야 한다

얽힌 어깨가 드리울 무성한 그늘
다른 줄기처럼 보여도
저 거대한 파도에 함께 몸을 담근
우리는 한 몸이다

세 절름발이가 범인

세절기 옆 비닐봉지
갈리다 만 종이가 한 장 삐져나와 있길래
얼추 맞춰보니 낯익은 모양이 보이는 것도 같길래
올라가서 스리슬쩍 물어봤다
씩씩대는 콧구멍 두 개, 이거 당신이죠?

갑자기 양복 입은 남자들이 들이닥치더니
다짜고짜 입을 틀어막는다
버둥대는 팔다리를 잡고서
지금 당장 밥 한 끼 하러 가자고 한다

도마 위 칼질 소리 달그락 냄비 소리
덜 갈린 것도 다시 기계를 통과시켜
가루만 내면 재료 손질 끝
※주의사항: 대파는 절대 넣지 마시오
비법 레시피로 손수 요리한
김치찌개 계란말이 한 상 대령이오

오올 이거 진짜 맛있는디올
배불리 드셨나요, 기자님들?
알겠죠? 앞으로 외람된 질문은 없는 거예요

이제 언론의 자유 따위 곱게 유지
해 줄 리 없는 거예요

잠깐, 계산서에 뭔가 조그맣게 적혀 있는데
천쩜공이 팔공공칠공공칠공...
숫자야 나도 읽을 줄 아는데
사요나라든 굿바이든 뭐든
그냥 날리면 된다고?

눈이 어떻게 된 거 아니냐고
귀에도 문제가 있는 것 같으니
얼른 큰 병원에 가보라고

자꾸만 내가 잘못되었다고 한다
멍석처럼 계란말이도 이렇게나 잘 마는데
예쁜 접시에 담아 찰칵
바다 건너 친구에게 보내면
젓가락을 세우며 달려들 정도인데
어떻게 그걸 몰라줄 수 있냐고

가슴 쓰린 일들투성이였지
아까운 청춘들이 구명줄도 없이 사지로 내몰렸다

시키면 그만 절대 지켜주지는 않는
눈 가리고 아웅도 정도껏이지
이름을 감추고 명칭을 바꾸고

여차하면 비행기 태워 보내면 되고
아무도 책임지는 사람은 없는
문제 삼으면 문제가 되고 생긴 문제도
넣고 갈아버리면 없어진다고 믿는

휘청거리며 역주행 중인
번호판도 없는 자동차 한 대
운전자는 여성이었습니까?
수염 난 남성이었습니까?

전방에 길이 없습니다
네비야 지껄이든가 말든가
아니라고 이거 지도가 잘못된 거라고
도리도리 죄다 거부하기만 하는데
박사님, 어떻게 해결책이 있을까요?

없습니다
모조리 갈아내야 합니다

선생님께서 오라셔

담임 선생님께서 교장실로 오라셔
-땡, 공부하세요

선생님이 오시라고 해
-잘 생각해보세요

선생님이 교장실로는 안 오셔도 된다고 합니다
-정성이 부족합니다

똑똑, 귀하의 담임입니다, 외람되오나
귀하의 징계 여부에 대한 부적합심사를 위한
조사 절차를 시행하고자 합니다
교장 몰래 교장실이 아닌
귀하의 편의에 따라 심기에 거슬리지 않는
시간과 장소를 조율했습니다
직접 저희가 그쪽으로 찾아뵙고 싶은데
아무쪼록 괜찮으실까요?

딩동댕, 정답입니다

---

* "검찰 조사도 배달되나" 김건희 비공개 소환, 檢총장 패싱 반발
(2024. 07.22 한국경제)

안알랴줌

명백한 규정 위반입니다
-어떤 규정이요?
안알랴줌, 아무튼 위반임
-앞으로 어떻게 되는 건가요?

아몰랑
알아서 판단하세요

---

*'이재명 헬기이송 특혜논란' 관련, 병원 의사들과 재난본부 직원들이 행동강령을 위반했다면서 가졌던 국민권익위원회 부위원장과의 질의응답 상황을 각색 (2024.07.23)

*뇌물도 배우자가 받으면 아무 문제가 없는 것이고 촌각을 다투는 응급상황에 열심히 대처한 의료진은 규정을 위반한 것인가.

리빙포인트

이번 장마에도 피해 대비를 철저히 할 것 *
끝.

국영수 중심으로 예습복습 철저히
세수할 때는 깨끗이 이쪽저쪽 목 닦고
편식 말고 골고루 꼭꼭 씹어 천천히

요리를 하다가 싱거울 땐 소금을 뿌리면 좋다
뜨거운 냄비를 들 땐 장갑을 끼는 것이 좋다
차가운 맥주가 없을 땐 얼음을 넣어 마시면 좋다

추모식 등의 일정은 가고 싶은 것만 가는 것이 좋고
사진 찍을 땐 주요 피사체는 흐릿하게
옆 사람은 중앙에서 최대한 화려하게 비추는 것이 좋다
레시피에는 조리시간과 재료의 양을 적지 않는 것이 좋고
예정에 없던 질문이 들어오면 상관없는 답을 하는 것이 좋다

잘하고 있다, 좋다
끝.

---

* 대통령 지시사항(2024.07.08)

전시

곳곳에 암약한다
반국가세력
국가총력전 태세로
항전의지 불태우자 *

틀린 말은 아니지 그 모든 순간이 실은 전시상황이었으니
말만 번지르르 알맹이 없는 컨틴전시
너만 먹냐 달디 단 콩고물 호가호위 공천 에이전시
자존심 싸움에 국민만 피 마르는 삥삥이 눈 가리고 아웅 이머전시

오늘도
등장하신 기획자님
설마하니 전시가
그 전시는 아니겠죠

봉황대를 바라보며

벚꽃축제 기간이건만 아직 채 흐드러지게 피어나지 못한 봉오리들이 못내 아쉬웠던 3월 마지막 날의 경주. 여행의 마무리로 십원빵 하나씩을 물고서 대릉원 관람을 하기로 한다.

그 유명한 천마총과 껴묻거리들을 구경하고서 걸어가다 보니 동서남북 꼭대기에 고목 몇 그루가 운치 있게 솟아있는 푸른 언덕이 보인다. 이름하야 봉황대. 단일무덤으로는 경주에서 가장 규모가 큰 고분. 무덤이면서 신기하게 경포대, 해운대와 같은, '높이 솟은 평평한 땅'이라는 뜻의 대(臺)자가 이름에 들어가 있는 곳. 아파트 7층 높이나 되는 이곳이 설마 무덤이리라고는 도저히 생각 못 한 조선 시대 선비들이 흙으로 쌓은 누각으로 여기고는 올라서서 풍류를 읊었던 곳. 무려 당나라 시인 이백이 쓴 '봉황루에 올라'라는 시 구절과 함께 말이다.

"아빠, 옛날 왕들은 무덤을 왜 이렇게 크게 만들었어?" 딸아이가 봉황대 앞에서 귀여운 포즈를 취하며 사진을 찍고는 남은 빵을 오물거리며 묻는다. "그러게, 왜 저렇게 크게 만들어야 했을까?" 딱히 떠오르는 말이 없어 이집트의 피라미드니, 저번에 봤던 고인돌이니 머릿속을 스치는 몇 가지 말들로 얼버무린 후 주차장으로 가는 길에 급하게 폰으로 검색해본다. 휘리릭 손가락으로 내리다보니 왕권 강화, 권력 경쟁이니 하는 키워드들이 보인다. 봉황대 같은 거대한 무덤이 만들어지던 시기는 이른바 '마립간'이라 불리던 왕들이 지배하던 때인데, 당시만 해도 가야에 비해 세력이 약했던 신라가 고구려의 지원으로 크게 성장할 수 있었던 시기였다. 친인척들이 함께 묻힌 무덤군을 통해 높아진 국가의 위상과 왕이 포함된 집단의 권력을 자랑하고자 했다. 다른 국가나 시대의 것들에 비해 유독 큰 이들 고분군의 크기를 보면 김씨와 더불어 석씨, 박씨 등 다양한 집단이 왕을 배출했던 신라에 내부적으로도 권력자들끼리 경쟁 심리가 상당했음을 알 수 있다.

그러고 보면 무덤은 떠난 이의 넋을 기리기 위해 만든 것이라 해도 결국은 남겨진 자들을 위한 것이다. 지금 보아도 그 위용이 어마어마한데 큰 건축물이 거의 없었던 그 옛날, 당시 사람들이 이 고분을 바라보며 느꼈을 위압감을 상상해보면 그 존재만으로도 통치자의 권위가 살아 꿈틀거리는 것처럼 느껴져 절로 고개를 수그리게 했을 것 같다. 다른 한편으로 생각해보면 봉건적, 세습적인 권력이 가진 정당성의 느슨한 고리를 메꾸기 위해서는 신적인 존재나 압도적인 무력 등에 기댈 수밖에 없었을 것이고 거대한 무덤 역시 그런 효과적인 수단 중 하나였겠지. 아마도 그런 현상은 주변에 자신의 위상을 위협하는 내외부의 적이 있었을 때 더 현저하게 드러났으리라는 것이 내 추측이다. 속된 말로 후달렸다 이 말씀이다.

이해는 가지만 그럼에도 이런 거대한 무덤을 만드는 행위가 삽질이라는 생각이 자꾸만 드는 것은 어쩔 도리가 없다. 이를 위해 또 얼마나 많은 민중의 삶이 얼룩지고 희생되었을 것인가. 금관으로 대표되는 황금 유물들 또한 통치집단이 보여주고자 했던 화려하고도 독보적인 권력을 보여주고자 하는 듯하다. 재미있는 사실은 다른 고분들과는 다르게 봉황대는 아직까지 발굴조사를 한 적이 없다는 것. 과거에는 누각이라는 생각에 도굴이 되지 않았고, 현재는 저기 떡하니 솟아있는 느티나무가 발굴조사에 가장 큰 걸림돌이어서 진행되지 못하고 있다고 하니, 아마도 저 안에는 천오백 년 전 휘황찬란했던 신라 왕실의 황금빛 목소리가 고이 잠들어 있을 것이다. 수백 년간 지나가는 이들을 굽어보았을 저 늠름한 나무들이 어째 무덤을 지키는 호위무사 같이도 보이지 않는가. 훼손되지 않은 채 잠들어 있는, 누구의 무덤인지도 모를 그 속에 담긴 얼을 마주하고 나니 진정한 신라의 모습이 내 앞에 펼쳐져 있는 듯한 기분이 들었다.

"집 앞에 능이 있으니까 이상하지 않아요? 경주에서는 무덤을 보지 않고 살기 힘들어요."

영화 〈경주〉에서 신민아가 분한 여주인공의 대사. 그녀의 말처럼 경주의 사람들은 연둣빛 무덤들이 옹기종기 보이는 광경을 일상처럼 마주하고 있다. 고운 한복을 입고서 담장 앞에서 사진을 찍는 연인들, 전동바이크를 타고서 도시 곳곳에 숨은 유적들을 찾아다니는 가족들, 띠 운세나 사주를 볼수 있는 뽑기 자판기, 그림처럼 예쁜 식당과 카페 등 북적이는 사람들의 뜨거운 활기가 이 생경한 풍경을 당연한 것처럼 만들어주고 있었다. 155개의 거대한 능 위로 자리 잡은 도시, 경주. 민초들은 지나간 왕조의 죽음으로 쌓인 흔적들 위에서 그 폐허의 무상함을 음미하고 또 소중한 삶의 기틀을 닦아왔을 것이다. 그렇기에 경주는 진정 삶과 죽음, 과거와 현재의 역사가 공존하는 도시라 할 만하다.

어떤 삶과 죽음은 고결하지만 끝내 처참히 짓밟히기도 하고, 또 어떤 삶과 죽음은 추악하고 비겁하지만 칭송되고 떠받들어지기도 한다. 전자로는 홍범도 장군이 있고, 후자로 이승만 전 대통령을 예로 들 수 있겠다. 지난여름, 육군사관학교에서 홍범도 장군의 흉상을 철거했던 그 사건을 기억하는가. 독립군 지도자로서 봉오동전투와 청산리대첩을 혁혁한 승리로 이

끈 그는 끝내 조국의 독립을 보지 못하고 1943년 이역만리 타국 카자흐스탄에서 눈을 감았다. 장군의 유해가 봉환되는 감동적인 역사의 순간이 불과 2021년이었다. 현 정부는 이러저러한 핑계를 둘러대고는 있지만, 그저 전 정권이 이뤄놓은 모든 것을 원점으로 되돌리고 싶은 듯하다. 흉상 철거의 이유가 장군의 공산주의 경력 때문이라는데, 해방 2년 전 작고해 북한의 공산당 정권 수립이나 6.25 전쟁과는 아무런 상관이 없는, 진정한 건국 영웅이라 할 수 있는 장군의 삶을 편향된 이념 논쟁 따위로 폄훼하는 이유는 무엇인가. 입만 열면 민생 또 민생 말로만 나불거리면서 국가 경제나 복지와 아무 관련 없는 역사 논쟁을 끌고 들어와서 국론을 분열시키고 갈라치기 함으로써 얼마나 사회가 안정되고 국방이 탄탄해지며 살림살이가 나아질 것인가.

대한민국 역사 이래 가장 많은 민간인을 학살한 이승만은 어떠한가. 2024년 1월, 이달의 독립운동가로 선정된 그 이름을 보고 분노를 감출 수가 없었다. 모든 인물에게는 공과 과가 있다고 하나 헌법을 유린하고 온갖 공권력과 부정한 방법을 총동원해 장기집권했던 독재자인 것은 명명백백한 사실 아닌가. 수없이 많이 일어났던 학살은, 그 용서받지 못할 죄는 어떻게 할 것인가. 해방 후의 불안정한 정국을 해소하기 위함이라거나 전쟁 상황이라는 것으로도 설명할 수 없을 만큼 무자비하고 야만적인 탄압 속에 희생되어야 했던 무고한 생명들에게는 어떻게 설명할 것인가. 지금의 아이들에게 우리가 본받고 존경해야 할 인물이라고 자랑스러운 태극기 앞에서 얘기할 수 있을 것인가.

사회주의가 종식되고 북한 정권의 만악과 폭정이 공공연해진 이 시대에, 현 정부는 철 지난 이념과 종북 프레임으로 역사의 수레바퀴를 뒤로 그것도 한참 뒤로 돌리고 있다. 소통하겠다며 만든 대통령실에 갇혀서는 혼자

서 냉전 시대, 매카시즘 광풍이 불던 1950년대의 구름 속에 살고 있는 듯하다. 입만 열면 자유를 논하면서 뭐만 하면 입을 틀어막고 자기들이 헛소리해놓고 듣는 귀를 틀어막는 이것이 그대들이 말하는 자유인가. 천오백 년이 지난 지금도 봉황대 안에는 황금빛 노래, 향긋한 역사의 숨결이 숨겨져 있건만, 이 년 만에 이것들이 쌓아놓은 부패와 자화자찬, 안하무인의 무덤은 덮어도 덮어도 악취가 가시질 않고, 호위무사랍시고 세워놓은 게 뚜껑만 달그락거리는 꼴도 더는 못 보겠다. 이 땅의 독립과 민주주의를 위해 몸 바친 사람들, 독재정권의 탄압 속에서 억울하게 희생해야 했던 제주와 4.19의 원혼들 앞에서 그 역사의 심판 앞에서 우리는 무슨 말을 할 수 있을 것인가.

운전대를 잡고서 졸음에 대비해 아내에게 따라부를 노래를 틀어달라고 한다. 네, 오늘의 신청곡, 패닉의 〈UFO〉입니다.

살찐 돼지들과 거짓 놀음 밑에
단지 무릎 꿇어야 했던
피 흘리며 떠난 잊혀져 간 모두
다시 돌아와 이제 이 하늘을 날으리

---

* 참고자료: 황윤 저, 〈일상이 고고학, 나 혼자 경주여행〉(책읽는고양이)

2부

오스모시스

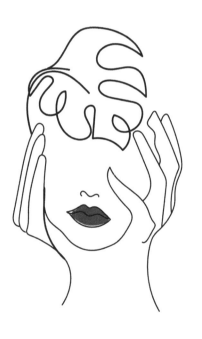

오스모시스

사람들 사이에 막이 있다
그 막을 막고 싶다*

막이 오르면 마차가 도착한다

여린 속살이 너무도 부끄러웠기에
겹겹이 싸인 연둣빛 드레스를 향해
쓰리 포 다이브

뻗친 줄기가 팔다리를 휘감으면
마침내 변신 완료
굴뚝 가장 구석진 자리 메케한 그을음까지
레이스 속에 꽁꽁 숨긴 다음에야
비로소 세상 밖으로 나올 수 있었지

싱그럽게 피어난 이내 푸르름
내려다 깔보던 눈동자
가시 돋친 입꼬리들마다
한 방씩 깊숙이 아로새겨주고 싶었는데

---

* 정현종 〈섬〉의 패러디

짜디짠 날들이 많았다
저마다 바가지를 끌어안고서
곁눈질하며 하얀 가루를 퍼먹던 시간들
알갱이 하나라도 더 긁어모아야 해
내 옆에 너보단, 그래 내 뒤에 너보단
한결같이 불룩한 이두근을 으스대며
맨 뒤에 앉은 내 주위로 몰려와
줄을 서서 어깨를 감싸 쥐고 돌아갔었지
푸석푸석 메말라가는 나의 입술과
들썩들썩 구부러지던 너의 눈꼬리
두고 봐, 이젠 달라질 거야

얘 걔 아냐? 짭 같은데?

주위를 둘러싼 소금 병정들
저마다 치맛자락 하나씩 집어 들곤
물어뜯고 쪽쪽 빨아들이고 뭉개버리고
열두 시가 되려면 아직도 한참 남았건만
벌써 계단엔 찢어진 장미 꽃다발 하나
숨죽인 채 흐느끼고 있다 혈혈히 선 채
바닥에 시든 꽃잎만 흩뿌리고 있다

흰 눈이 내린다
언젠가 나의 바닥에도
풍당 가라앉은 맷돌 하나

가열찬 소금을 뿜어댈 거라고
구릿빛 알통 아니 옹기에 담겨
오늘도 간간한 꿈을 꾸었다

손잡이가 없었다

---

* 삼투(osmosis): 반투과성막을 사이에 두고 서로 다른 농도를 가진 두 액체가 있
   을 때, 농도가 더 진한 쪽으로 용매가 이동하는 현상.

자메뷰

허공이 발끝에 꿰여 버둥거리고 있었다

어떤 바닥도 내게
감히 뿌리 내리는 걸 허락하지 않았기에

벽과 벽이 만나는
무심한 시선이 훑고 지나가는
아무도 없을 거라 굳게 믿는
당신의 방심 위로

성긴 해먹을 달았다
끈질긴 날줄을 밟고서, 가로질러
끈적한 씨줄을 묶는, 기어코
지조해버린 단 하나의 눈동자

스킵 스킵 스킵
스 단추를 움켜잡는 손등 킵
좋아 이 포즈에서 포즈

이윽고 가녀린 엉덩이로부터

은빛 실 한 가닥이 뿜어져 나온다
바람결에 날아와 붙는 꽃가루처럼
향긋했던 그 모든 순간은 새겨지고 전시되고
당신이 있어 오늘도 나의 세상은 더 넓어졌네
아무도 모르는 나만의 공간, 나의 하루는
그저 울며 바라보며 다시 기다리는 일

언젠가 그 눈동자도 이쪽을 향해줬으면
아니, 보아선 안된다, 반짝이는 트리
방울방울 궁그던 새벽의 종소리, 언제나처럼
젖은 머리칼 구겨 신은 구두, 그 반복되는 날갯짓 속
홀린 듯 재생되는 출처 모를 한 귀퉁이였으면
몰라서도 안 된다, 깔창이나 뒤꿈치쯤
툭 툭 찔러대다 짜증 섞인 손가락이 다가오면
쏙 숨어버리는, 동그랗게 파인 붉은 자국만으로
나의 존재를 증명할 수 있는, 그러나 설명할 수 없는
사소한 뒤틀림과 미세한 찌푸림과 그로부터 시작된
균열의 금, 야금야금 뜯기다 너덜너덜해진
당신의 그림자가 마침내
나의 빈틈과 우연히
아주 우연히 맞물리게 되었을 때

당신은 나의 방이 되고
나도 당신의 방이 되고

이따금씩 서로를 향해 문을 열고 있지만

결코 마주치는 일은 없다

---

* 자메뷰(jamais vu): 평소 익숙했던 것들이 갑자기 생소하게 느껴지는 현상. 미시감. '데자뷰'의 반대개념.

"시가 발생시키는 착각의 순간은 일종의 데자뷰와 자메뷰의 체험을 유도하며, 이로 인한 감각의 착란을 통해 새로운 시간의 형태를 부조한다."
김선오 「그럴 수 없음을 알면서 그렇게 하기」,
에세이집 〈영원과 하루〉(2023, 타이피스트) 중

삼중점

투명한 플라스크 속
웅크린 등짝이 보인다

안팎을 또렷하게 가르던 테두리
울타리라 믿고 뛰놀았던 그 모든 선들이
조금씩 찰박이다 이내 허물어지는
그 순간을 위해 오늘도 붓을 들고 섰다

펄펄 끓는
살얼음 같은 것

이걸 내 배꼽이라 부르면 안 되나-
기억의 눈보라에 덮여버렸던
무성한 털들로 이미 화석이 된 줄 알았던
맨살의 푸들거림, 작은 씨앗의 노래
세상에 나를 붙이던 유일한 통로

혹은 갈림길-
단단하게 맺힌 어제의 결정과
뚝뚝 굽이쳐 떨어지는 오늘의 방울

무심히 서린, 닥쳐올 내일의 연기까지

그것도 아니면 고유진동수-
매서운 눈초리에 부들부들
돌처럼 굳어버렸다가도 돌아서면
바람결에 흩날려 사라져버릴,
나를 에워싼 모든 사건의 지평선
그 급소를 찾아 일격에 부서뜨릴

펄펄 날아오르려다
그만 끓어버린
나의 살 나의 어림

영 쩜 영영영영 일의
그 깎고 다듬어낸 찰나를
마침내 찾아내고서
꾹꾹 눌러 기록하고서

거대한 비늘의 또아리에 휘감겨
품에 안을 영롱한 여의주를 그리며
아득한 종이 위 점 하나를 찍는다

시스템 초기화
10초 후 이 메세지는 폭발합니다

---

* 삼중점(triple point): 기체, 액체, 고체의 세 가지 상이 평형상태에서 함께 존
  재할 수 있는 온도와 압력. 물의 삼중점은 0.01℃, 0.006기압이다.

포즈

창 너머 캔버스에 불이 붙었다
구름은 잃어버린 기억의 비늘
초침은 벌집 속 꿀처럼 끈적하게 흐르고
조각난 꿈의 발톱이 어둠을 할퀸다

언어의 통로가 막힌 채 같은 노래만 반복하는
새장 속 반짝이는 깃털의 새 한 마리
지금 튜닝 틀어졌죠? 불협화음 아닙니까?
수많은 글자들로 구름을 덮어도 어떤 대답도 내리지 않고
의미의 공백이 뿜는 끝없는 파도에 몸을 담그며
이카루스의 날갯짓을 창공에 추처럼 매달 뿐이다

방금 나온 노을 한 접시엔 소금이 뿌려져 있다
지상엔 거대한 기계들의 웃음소리만 가득하고
조작된 기억은 가루가 되어 먼지와 함께 흩뿌려진다
오직 바람만이 잊힌 이름들을 되뇌며
미로 속으로 섶은 소매를 잡아 이끌고

이 순간이 영원하기를
잿빛 그림자를 털어내고 흔들리는 눈빛을 마주하는

만물이 하나의 실타래로 감기며 끝내 한 점으로 뭉쳐지는

저녁의 심장으로부터 불거진
한 방울의 떨림, 콘크리트를 뚫고서
마침내 여기 가녀린 시 한 송이가 피어났다

---

* 포즈(Pause)

통닭

옛날찹쌀통닭
한 마리 팔천원
두 마리 만사천원
소금 머스타드 무많이

퇴근길마다 스치던 그 트럭, 오늘은
서성이는 그림자의 목을 잘라
꼬챙이에 꽂아놓고 뱅글뱅글 돌려보았다

옛날엔 이쯤에 날개가 있었대
발라진 채 토막 난 채 두꺼운 옷에 파묻히느라
잊고 있었던, 푸들거리면 혀끝으로 와 닿던
그 공기만은 절대 내주지 않겠다며
팔다리를 모으고서 그렇게 웅크리고 있었다

뽑힌 털은 베개 속을 흥건히 채웠고
꼬옥 쥔 주먹 속엔 발목 둘
빨갛게 절인 삼지창이
뒤척이는 길목마다 푹푹
날카로운 발자국을 새긴다

사람이 말이야
어, 좀 말랑해야지
그래 뻣뻣해서야

어 그래

얘들아 아빠 간다
한 손에는 노란 종이봉투 뚝뚝
걸음걸음 떨어지는 기름으로 광을 내며

보아라 나에게도 척추라는 것이 있다
다발로 뻗어 나온 갈빗대와
관절과 연골과 힘줄과 신경과 펄떡이는 아픔
털끝까지 오롯이 만끽하는 바람으로
통째로 푸들거리던 생애가
울다가 웃다가 성도 한번 냈다가
어둠을 꿰뚫는 빛줄기에 높이 치솟아 오르며
가열찬 춤을 추던 붉은 깃발이 있다

찰싹
싸대기 한 방에 날아가버린 발목과
그것도 모자라 쪼개진 배
뚝 뜯어진 엉덩이 사이로
갖은 편지들과 서류들을 욱여넣다 못해
터지기 일보 직전인 우편함의 모양으로

혀를 길게 빼물고서 고개를 늘어뜨리고서
어떤 눈부신 빛줄기에도 흐리멍텅한 눈자위
저 밑에서 쉬지 않고 삑삑거리는 마름모꼴 목구멍들과
벌어진 고래의 주둥이 앞에서 자꾸만 굳어가는 성대
쑹컹쑹컹 토막 나기 시작하는 관절 연골 힘줄
신경질 속에 뜯어지는 집 부엌 식탁 접시
그 위로 몸을 눕히고서 동그랗게 웅크리고서
군침 섞인 포크들의 시선을 느끼고서 단추를 뜯고서
접힌 구석마다 스스로 예쁜 칼집을 새기고서
푸들거리기만 하다 꺼져버리고 만 시동과 함께 그만
이제 그만

닥치기로 한다

투시

자 찍습니다
가만히 있으세요
띠딕,

엑스레이로 보면
너나 나나
얼추 비슷하다

저 각양각태의 흰 블록 조각들
설명서에 따라 착착 조립해놓고
솜과 천을 덧대어 기워놓은 것 같이

남들과는 다르게 살 거라며
여지껏 달려왔던 나인데
치렁치렁 호호 불어가며
빤딱빤딱 광도 냈던 것인데

나란히 보드에 붙인 두 장 중
하나를 골라 이름을 새기면서도
내내 갸웃거리며 머리를 긁적여야 했다

눈에 잘 띄는 것들은 함부로 구겨도 좋아
돌멩이 종이컵 비닐봉투 물티슈 이쑤시개
어쩌면 방금 찍힌 내 속 이야기
뻔하디뻔한, 지천에 굴러다니는

신이 있다면 아마 엑스레이로 세상을 보겠지
뭐 더 좋은 거 없어? 엑스레이 할배?
아무렴

세상엔 신을 흉내 내는 것들이 너무나 많아
하나같이 눈에 광선을 뿜으며 달려와
겉에 걸친 것들을 모조리 앗아가고
앞으로 이 자세 그대로 가만히 있으라고
그만, 할 때까지 숨도 쉬지 말라고
아예 생각일랑 접어두시라고
이참에 잠시동안 좀 죽었다가 오는 건 어떻냐고
… 그리고 버튼이 눌러진다

아까 여기 계시던 환자분 어디 가셨어요?
어떡해, 실수로 다른 분 사진을 들고 가셨어요
그녀의 손에 팔랑거리던 종이 속엔
희멀건 맹탕만 일렁거릴 뿐 아무것도 보이지 않는다

손 하나 까딱 입 한번 벙긋한 적 없이
저절로 보고 싶었던 영상이 나올 때

나도 몰랐던 나를, 이 조그만 것이
나보다도 더 잘 아는 것 같을 때
아무렇지 않게 하던 동작을 멈추고
생각까지 멈추고 그대로 숨을 참고 있는다

이 순간 나는 마치
이곳을 점유하도록 설계된 에펠탑
아니, 잘 봐줘야 송전탑 비스무리한 것
다시 거대한 파도가 밀려오면
얼마간 나는 뜨거워지겠지만
곧 아무렇지 않은 듯 다음 신호를 기다리겠지

띠딕,
발밑으로 흰 블럭 하나가 떨어진다
어디선가 달려온 개 한 마리
컹컹거리며 물고 가 버리면
익숙한 동작으로 나는 한 그릇의 밀랍을 마시고
그제야 참았던 숨을 몰아쉬며
걷던 길을 마저 걸어간다

길바닥인지 진열장인지
좀체 구별이 가지 않는다

지상 최소의 풍경

일백 나노미터, 일천만분의 일 미터
전 지구를 묶어버린 그 이야기의 시작

비로소 알게 된 진실
우리에게 뚫린 몇 가지 구멍들 중
셋은 위태로운 창窓이라는 것
때로 창槍이었다는 것
찔리거나 혹은 찌르거나

몰래 자라난 칼날이 나도 모르게 튀어나올까 봐
설치던 건너편 칼끝이 새 칼집인 줄 알고 이쪽으로 겨눠질까 봐
어딜 가나 얇게 빚은 하얀 깃발로 꽁꽁 덮으며
나의 무해함을 두 손 들어 증명해야 했다

시시때때로 몰아치던 경고음
지근거리 어딘가 스멀거리고 있을 그것의 숫자들만
반 넘게 가려진 얼굴, 떠다니는 눈알 속을 가득 메우고
알겠지 지금부터 표정은 듣는 거야 텍스트와 텍스트 사이
저 노랗고 조그만 동그라미에 박힌 서너 개의 점과 선
콘센트에 묻어야 비로소 싱싱해지던 꽃다발

그 향기 하나면 무엇이든 할 수 있을 거라는 믿음
실은 그 무엇도 될 수 없다는 아픔
희미해진 너의 손과 짙어지는 내 숨의 온기
그 낯섦과 지긋지긋함 사이를 가로막은

너와 나의 문지방, 그 시절 우리는
반쯤은 병들고 반쯤은 외로웠노라고, 밤새도록 그렇게
킁킁거리다 핥다 깨물다 맛보고 싶었다, 그래도 괜찮은
어떤 것도 두렵지 않고 그 누구도 더럽지 않은
그런 때가 있었나 싶은
길고 어두운

---

* 2020년, 최소의 것에 의해 우리 삶이 최대로 흔들렸던, 그 기억들에 관하여

엉거주춤

앉아서 일하는 내게
의사는 자꾸만 서 있으라 말하고

움켜쥔 허리가 풀릴 즈음
이제는 욱신거리는 발바닥이
어디든 엉덩이를 갖다 붙인다

어차피 곧 다시 일어나야 할 텐데
그 아픔이 무서워
푹 담기지 못하고 계속 들썩들썩

누우면 세상 편하다 싶지만
할아버지 등에 핀 붉은 꽃밭의
지독한 향기가 떠오르네

그러고 보면 세상 사는 일
다 엉거주춤한 일

차마 박히지 못하고
옴싹달싹

떼굴떼굴 굴러야 하는 일

정신 차려보니 의자가 송곳
찍찍 긋다 보면 연필도 지우개

세차게 몰려와 흙바닥을 흠씬 깎아지르고는
미련 없이 떠나는 저 강줄기처럼

폴짝 안겨 입 맞추고 꼬집어대다가도
별안간 덮쳐오는 종소리에
휙 하고 달아나는 일

꾸욱 도장을 찍었다가도
물러나 물끄러미 바라보는

끝없는 엉덩이들의 춤

거의 모든 것의 역사

서너 달 전인가 아는 형네에서 장수풍뎅이 애벌레 네 마리를 동그란 통에 담아 내 방으로 이주시켰던 것인데 처음 며칠간은 아침저녁으로 고 꿈틀 거리는 꼴을 유심히 들여다보기도 하고 이래 가지고 언제 번데기가 되고 또 언제 자라서 대학 갈래 말도 걸고 노래를 불러주기도 했던 것인데, 언제 부터인가 이것들이 불러도 미동도 없고 흔들어도 기척도 없고 관짝 같은 방을 만들어 지 혼자 처박혀서는 야 야 손끝으로 툭툭 밀어야지 귀찮은 듯 다리 하나만 겨우 옴싹거리기에 아이고 인자 번데기 될라는갑다 방해 말 고 짜그러져야겠다 너 이 녀석들 파이팅 하고 가계부처럼 영어사전처럼 아령처럼 책상 한구석에 고이 모셔두었음이다

퍼뜩 생각이 나서 들여다보니 아직도 검은 주둥이 하나가 벽에 붙어서 씰 룩거린다, 맨날 보이는 네놈 말고, 살살 나무젓가락으로 파내다 보면, 똥 이 보이고 흙이 보이고, 그 옆에 더 큰 똥이 있고 또 흙이 있고, 또, 또, 또, 없다, 아무것도 없다, 코를 박고 봐도 없다, 그냥 없다, 없는 건 없는 거다, 오로지 늠름한 주름을 뽐내는 저 하얀 덩어리만 버둥거릴 뿐, 갑자기 접힌 자리마다 점점이 새겨진 숨구멍이 갈라지더니 부풀어 오르더니 그 속으로 노란 눈동자들이 비집고 나와 껌뻑거린다, 아빠, 왜 이래, 제가 해냈어요, 무슨 말이야 저리 가, 아빠를 똑 닮았대요, 내가 언제, 사랑해요, 안돼 오지 마, 찐득한 머리를 흔들더니 집게 달린 주둥이를 딱딱거리더니 이젠 아예 통까지 뜯어먹고 계신다, 저걸 어떻게 해야 하나, 변기통에 빠뜨린 두루마

리 휴지 한 덩이, 이대로 우적우적 씹힐 순간만을 하릴없이 기다릴 것인가

　아침이다 오늘은 중요한 프로젝트가 있는 날이니 좀 일찍 출발하기로 한다 머리를 양손으로 움켜잡고 끽끽 잘 돌려 맞춰놓은 다음 혹시나 새어 나온 흙이 없는지 거울로 체크한다 이번 건만 잘 마무리되면 다음 달 진급심사도 차질 없이 잘 진행될 것이다 죽상이 된 녀석의 얼굴이 눈에 선하다 그 같잖은 꼴을 보고 싶어도 못 보게 될 날도 머지않았네 자꾸만 바스락거리는 소리가 들린다 바람이 상쾌하다

　　　오스모시스

공백의 증명

콜로세움, 저 위로 해를 등지고 선 늑대들
옆구리엔 붉은 자국이 번지고 있고
애써 미소를 머금고 옷자락을 움켜쥔 나를 향해
또 한 번 작살이 날아온다
 경력에 공백, 도대체 이유가 뭡니까?

워낙에 동양적인 사람인지라
여백의 미가 아주 철철 넘친다고
그렇게 답하면 이번엔 뭐가 날라오려나
빈칸을 허용하지 않는 이곳
쉼에도 침묵에도 명분이 필요하지

보십쇼, 여기 삶은 달걀이 하나 있습니다
한번 까서 먹어 볼까요?
조각조각 바스러지고 자칫 흰자도 파이고
지저분해서 이거 영 먹기 파인데요*
하나 더 까보겠습니다
달걀을 잡고 뭉툭한 부분을 향해서 톡
자, 여기 빈 공간 보이시죠?

---

* 파이다: '별로다, 안 좋다'를 뜻하는 경상도 사투리

이쪽부터 시작해서 요렇게 얇은 막까지 한꺼번에 뜨면
와우, 동글동글 훨씬 깔끔하지 않습니까

저의 공백도 이 삶은 달걀 속 빈 공간과 같아서
껍질에 부딪히기 위한 도움닫기
힘껏 하늘을 향해 박차올려 줄 발판
더 나은 나, 더욱 단단해질 나를 위해
긴 시간 제 안에 저를 모으고 있었습니다
과연 풀무 없이 쇠를 달굴 수 있을까요?
모두가 불쏘시개를 찾아 정신이 팔려있을 때
저는 오로지 바람을 불어넣기 위해 잠시 물러서 있었습니다
팽팽히 당겨진 고무줄입니다, 조심하세요
언제든 튕겨 나갈 준비가 되어있습니다
이곳에 계신 많은 분들의 도움으로, 다시 거듭날 저의 부리로
새로운 차원의 껍질을 깰 수 있도록 힘차게 날아보겠습니다
그 날카로움을, 어디 한번 같이 빚어보지 않으시렵니까?

...

네 뭐 알겠고요
그 부리에 토익 점수는 없었나 봐요?
나갈 때 흘린 거 깨끗이 치우고 가세요, 에?

넵!

쥐구멍

초록불이라 엑셀을 밟았고
갑자기 노란불이 닥쳤고
곧 정지선이건 말 건
더 밟고 시원하게 지나가서
머리 위로 깜빡 빨간불이 켜질 때
그때의 짜릿한,
왠지 카메라를 본 것도 같을 때
그런 찜찜한,
모든 시끄러운 목소리의 조합으로
범퍼가 박살 나 버리면 어떡하나
다음엔 안 그래야지 하다가도
보이면 또다시 밟는,
주식이건 부동산이건 개 잡소리건
앞선 친구들은 다 한몫 챙기고 지나갔고
꼭 내 앞에서 끊기려고 할 때
그 억울한,
그래서 누가 지껄이건 말건
일단 밟아보는,
왠지 움찔거리는 아이를 본 것 같은데
어쩔 수 없잖아
또 중얼거리는,

조개껍질 묶어

조개껍질 묶어 그녀의 목에 걸고
불가에 마주 앉아 밤새 속삭이네

정말일까, 그 옛날엔 이걸로 장을 보고
차를 뽑고 집을 짓고 사람을 구하고
마침내 사랑도 얻었다는데

동해든 남해든 서해든 그 어디든
저 땅끝 찐득한 뻘이 펼쳐진 곳 종일 걸어서라도
장화를 신고서 호미를 들고서
아예 거기서 살아야지, 자루 가득
파도의 짠내음이 무참히도 달그락거릴 때까지
네 속이라면 파묻혀 죽어도 좋아

어머 순진하시군요
여의도 부근 특수 구역에서만 서식하는
엄밀히 선별된 1등급 개체들만 취급대상
그렇게 개나 소나 다 캘 수 있으면
어디 나라가 돌아가겠냐고, 그러게
엄마야 누나야 할매야 강변 살았어야

그곳으로 이어지는 유일한 다리 위엔
총 든 사람들과 바리케이드가 있고
흙투성이 나의 행색을 위아래로 훑곤
턱을 삐죽 내밀며 일제히 등을 돌린다

모기가 밤새 물어도 모두들 웃는 얼굴
흥건한 침낭 속 하얗게 쪼그라들 때까지
흐르는 강물을 거슬러 오르는 고래가 되어
터지도록 기둥을 들이받는 꿈을 꾸었다
밤은 깊어만 가고 다시 잠은 오지 않는다

공작의 숲

이 도시에서
무언가로 산다는 것은
곧 그 무언가를 사는 것

오늘도 나는 어김없이
골목 구석구석을 조아리며
내 몸뚱이에 걸맞은 꽃가지를 줍는다

반짝일 것 향기로울 것 달콤할 것
홀로 눈부시기에
아무것도 보이지 않을 것

기실 어울리지 않는대도 좋다
몸소 두 팔을 한껏 펼칠 때
나는 그 커다란 꽃 무더기 속에 숨겨져
수그린 채 미소 짓고 있을 터이니

줄곧 손가락질한대도 좋다
가지지 못한 자들의 풀빛 눈동자는
언제나 내 가슴을 뛰게 만드는걸

쳐진 깃털에다 윤기를 더해주는걸

바라는 건 오직
바라봐 주는 것

너의 시선에 취하기 위해
나의 온몸 구석구석으로
그렇게도 많은 눈꺼풀이 피어났나 보다
저마다 껌뻑거렸나 보다
그렇게 펄럭거렸나 보다

그러므로 너희는 이제
이곳을 주목하라
황홀한 이 날갯짓을 느껴보라
느끼지만 말고 침 튀기며 찬양하라
거기 닮은 자네, 이 대열에 합류하여
멈추지 말고 땅끝까지, 몸이 부풀어 터지도록
춤추어라, 곪아가는 종기 따위 우릴 막을 순 없다

언제부턴가 푸른 별은
어째서인지 푸른,

공작의 숲

양치질을 한다

Ⅰ.

양치질을 한다

훗날 잘 놀다가 갈 그 때에
한평생 삼켜댄 풀뿌리들, 열매 아빠들의 한풀이나 들으며
이제는 몸소 녹아 은혜 갚을 그 때에
혹여 입속에 남은 검은 얼룩에 지나가던 두더지 코웃음 칠까 봐
날 닮은 얼룩덜룩한 앵두가 맺힐까 봐

양치질을 한다

Ⅱ.

빛이 생기고 궁창 우아래로 물이 채워지던 시절
꾸역꾸역 흙덩이를 퍼먹던 뱀이 입 벌린 채 하늘에 청했다
그저 있는 대로 삼키며 살려니 따분해 죽겠다고
자를 수 있는, 부술 수 있는, 숨통을 끊을 수 있는
그 무언가를 달라고, 산다는 것의 재미를 달라고

딱하게 여긴 하느님께서 입속에 뼈를 세워 살을 뚫고서
이빨을 만드셨다- 동시에 천국의 입구에도 이빨을 세우셨다
뱀의 꼬임에 넘어간 아담과 하와는 죽을 때까지
한 입 베어 문 그 선악과의 맛을 잊지 못했고
그 맛이 카인의 핏줄 속에 남아 그는 곡괭이를 들었다

선악과 한쪽에는
아벨의 목덜미에는
바벨탑 꼭대기에는
인디언 추장의 편지에는
유관순 누나의 힘줄에는
팔레스타인 소녀의 눈물에는
파헤치고 뒤집어지는 강줄기 속에는
언제나 이빨 자국이 새겨져 있었던 것이다

Ⅲ.

이 오래된 이야기는 이제
나의 입술 뒤에 숨어 있다
그 옛날의 뱀처럼, 재미 좀 보자고
누군가의 숨통을 끊어야 하는, 뺏어야 하는
그것이 강한 것이라고 말하는
붉은 혓바닥이 있다

그리하여 나는 열심히 이빨을 닦는다
멀고도 먼 날, 작은 방마저 썩어 문드러지고

백골만 남아 서슬 퍼런 이빨들을 빛내며
이 양반 한평생 더럽게 씹어대며 살았구나
허벌나게 끊어먹었겠단 소리 들을 수 있게

이 한 몸 일생을 치열하게 씹으며 살았노라고
단 한 번 뜯긴 적 없이 그저 뺏은 것도 모자라
몇백만 년 흐른들 그 마음 변치 않고 씹기 위해 아직
이렇게 살아 있노라고
다만 그저 하얗노라고
말할 수 있게, 열심히

양치질을 한다
치카, 푸카

촉진

이수역 알라딘 중고서점 한 귀퉁이
시집 코너 앞을 서성이며
시 속에 한쪽 발을 담근 채 살아가는
아름다운 얼굴들을 기다린다

첫 만남의 설렘
상기된 미소를 만면에 띄우고서
눈에 띄는 겨잣빛 책등을 골라
손톱으로 살살 뽑아내어 본다
그래 이거, 문보영, 배틀그라운드

추락으로 시작한다

                        너는 추락하는 자를

        깨어나는 자라고 부른다

나도 모르게 발목에 힘이 풀렸었나
눈떠보니 양옆엔 구름의 바다
아래로 유유히 펼쳐진 솔개의 포효와
언제 이마를 덮칠지 모를 미지의 바닥

겨우 바닥을 벗어났다 한들
어김없이 몰려오던 낯선 바닥의 공포
그럼에도 추락하는 동안만큼은
바닥이 아니라는 확신으로
바닥에서 벗어나기 위해
오늘도 이 바닥에서 저 바닥으로
기꺼이 추락하는 중

웅 웅 웅
방금 또 지하철이 지나갔나 보다
아냐, 다시 들어 봐
사실 이건 거인의 맥박 소리
천장까지 흔들던 그 떨림은
책장 속에 스몄다가 주머니 속에 숨었다가
이내 핏줄을 타고 도시 곳곳으로 퍼져간다

언제부턴가 손끝에서부터
심장과는 다른 맥박이 뛰는 기분
평소에는 구름 속에 둘러싸인 듯한데
시를 쓰는 중엔 그나마 견딜만하고요
다 쓰고 나면 꼭 깊은 바닷속에 가라앉은 것 같이

잠깐만, 지금 또 뭔가, 얼른 종이 좀, 빨리요

추락
                    착지

            또 추락

어쩔 수 없잖아, 시 쓰기는 증상이고
그걸 해결해 줄 병원은 너무나도 적고 *
어쩌다 이런 지독한 병에 걸린 바람에
채울 수 없는 이해와 인정을 또 갈구하고 있는지
윈고 투고 쓰리고 인생은 이다지도 쓰리고
멈춰야 할 때가 언제인가를 분명히 알지 못하고
다시 고를 외쳐버린 나의 뒷모습

사람들이 시를 더 많이 읽었으면 좋겠다
까놓고 말해서
그중에서도 내 시는 더 각별했으면 좋겠다
누가 시켜서 한 것도 아니고
그냥 내가 좋아서 하는 거지만
이런 나라도
내가 좋아하는 네가 좋아해 준다면 정말 좋겠다

* 박성후 시인 인스타그램 게시물(@poetpoonyum)

서로 좋아하는 마음이 통해서
세상이 조금이라도 더 좋아질 수 있다면
더할 나위 없이 좋겠다

다시 책을 펼친다, 이 바닥과 저 바닥 사이
넘기려다 말고 빈 공간에 머문다, 숨을 참는다
우주정거장은 사실 무중력이 아닌
자유낙하 하는 상태라는, 끊임없는 추락

의미를 던지고 텍스트를 던지고 관념을 던지고
답 없는 행간 속을 헤매는 동안은
그 어떤 것도 나를 끌고 다니지 못했다

'과대망상'
휘갈겨진 글씨와 함께 다시 어딘가로 끌려간다

떨어질 시간이다

---

* 2024년 2월 24일 '시와지성' 동인의 첫 오프라인 모임이 있었다. 시를 쓰는
것은 여전히 낯설고 아득하고 외롭지만 함께 하는 사람들이 있다는 사실이 큰
힘이 된다. 김언 시인이 '시 100편을 쓰면 정말 좋은 일이 일어난다'고 했다.
올해는 100편을 목표로 열심히 정진해볼 생각이다. 어디 보자, 무슨 좋은 일이
생기려나.

향수, 시대와 존재를 녹인 향기

파트리크 쥐스킨트, 〈향수〉

 이것은 사람의 냄새, 체취에 관한 이야기다. 체취, 라고 적고 나니 어쩐지 기분이 야릇해진다. 살색, 살결 같은 단어들도 있지만 '체취'가 주는 느낌은 더욱 은은하고 매력적이다. 말에 모양이 있다면 실루엣 정도랄까. 이처럼 후각이 주는 의미는 남다르다. 인간은 관찰과 언어, 즉 시각과 청각을 주로 사용하여 소통하는데, 후각은 이것들과는 다르게(향수를 제외하고는) 효과적으로 전달할 수 있는 방법을 찾지 못했고, 그렇기에 사람과 사람, 혹은 사물이 근접한 거리에 있을 때에만 자극을 느낄 수 있다. 또한 쉽게 피로해지는 그 특성 때문에 자신도 모르게 익숙해지면서도 그 근원지를 쉽게 찾을 수 없는 은밀함이 있으며, 인간에게 발달되지 못한 나약한 감각이기에 쉽게 무너질 수 있는 치명성도 가지고 있다. 이를테면, 이것은 이성이 아닌 본능, 즉 동물의 영역인 것이다. 인간이 잘 모른다뿐이지, 후각에 관해서도 언어와 같은, 나름의 복잡한 구조와 체계가 있는 것인지도 모르겠다.

 파트리크 쥐스킨트의 장편소설 〈향수〉는 이러한 체계를 잘 이해했던 한 인간, 그루누이에 관한 이야기이다. 천부적인 후각을 가지고 태어난 그는 아기가 말을 배우듯이 사물의 냄새를 하나씩 체득해 갔고, 냄새를 통해 세상을 이해하려 했으며, 아름다움을 알게 되면서부터는 더 좋은 것을 찾기 시작했다. 그리고 그것을 소유하고픈 욕망과 함께, 가장 아름다운 냄새를 만들겠다는 일념을 갖는다. 그리고 결과적으로 그러한 향기를 담은 향수를 만드는 데 성공한다. 여기까지만 보면, 한 장인의 성공담쯤으로 보이지만, '어느 살인자의 이야기'라는 부제가 어째 심상치 않다. 그렇다, 향수를 만들기 위해 그는 무려 스물다섯 번의 살인을 저질렀던 것이다.

  그가 향수를 만들기까지의 과정은 예술가들의 창작 과정과 닮아 있다. 세상을 향한 끝없는 관찰 끝에 그 의미를 이해하게 되고, 그 속에서 찾은 '아름다움'이라는 원석을 자신의 방식대로 갈고 닦아 사람들에게 보여주는 예술가들. 이렇게 해서 완성된 작품이 그들의 삶과 존재를 증명하는 것처럼, 그루누이의 향수 역시 그의 존재를 보여주는 수단이 된다. 태어나면서부터 아무런 체취도 없이 태어나 자신의 희미한 정체성 때문에 동굴 속에서 은둔한 채 고뇌하였던 그루누이. 냄새를 통해 세상을 이해했던 그에게 아무런 냄새가 없는 자신은 존재하지 않는 것과 마찬가지였을 것이다. 거울에 비추어보아도 아무것도 보이지 않는 것처럼 말이다. 결국 그는 자신의 냄새를 만들어낼 생각으로 향수를 만들기 시작한다. 그에게 향수는, 소유욕과 성취욕으로도 설명할 수 없는, 자신의 존재를 찾기 위한 발악이었다.

  소설의 배경은 18세기 중반, 프랑스 파리다. 당시의 파리는 폭풍 직전의 고요처럼, 당장이라도 터질 것 같은 위험을 내재한 곳이었다. 소설을 원작으로 한 동명의 영화 속에서도 그러한 어두침침한 도시의 모습이 감각적인 화면 속에 잘 그려져 있다. 하지만 만약 이 영화가 4D 영화로 냄새마저도 완벽하게 재현한 상태로 상영되었더라면, 관객들이 영화 초반에 모두 뛰쳐나가 버렸을 것이다. 그만큼 당시의 파리는 악취로 가득한 곳이었다. 배변들은 처리 과정 없이 길거리에 널브러져 있었다. (하이힐의 유래가 길거리에 똥을 밟지 않기 위한 것이었다고 할 정도니 말 다 했다) 반면에 귀족들은 그러한 악취를 가리는 향기의 공간 속에 살고 있었다. 그들은 매혹적이고 오래 남는 향기를 원했고 그 결과 향수 제조 기술이 매우 발달할 수 있었다. 파리는, 악취 속의 서민들과 향기 속의 귀족들이 공존하는 도시였다. 그루누이가 이런 도시에서 태어난 것은 어찌 보면 필연적이라 할 수 있다.

18세기의 유럽은 르네상스가 끝물에 다다르고 계몽주의가 태동하던 시기였다. 신이 세상의 중심이었던 중세로부터 현대로 오기까지의 일련의 과정은, 그 중심이 점차 국가와 개인으로 옮겨오는 과정이라고 할 수 있는데, 그중에서도 르네상스는 인간 그 자체에 대한 관심이 제일 높았던 시기였다. 예술은 신이 아닌 인간을 표현했으며, 과학은 교리가 아닌 진리를 추구했고, 사람들은 율법이 아닌 감정을 노래했다. 하지만 아직도 중세와 같은 성직자들의 권력이 남아있었던 시대로서, 그루누이와 같이 (신에 비해 보잘것없는) 자기 자신의 몸뚱이로 살아가고, (교리보다 불완전한) 감각에 의존하고, (율법보다 불건전한) 감정에 따라 살아가는 존재는 용납되기 힘들었을 것이다. 굳이 맞춰 해석하자면, 그루누이는 르네상스의 마지막에 화려하게 타오르다 꺼진, 하나의 불꽃이었던 셈이다.

소설의 후반부, 결국 그루누이는 연쇄살인범으로 검거되고, 공개처형을 선고받게 된다. 수천 명의 사람들이 몰린 처형장에서, 그는 자신이 만든 향수를 몸에 뿌렸고, 곧이어 듣도 보도 못한 진풍경이 펼쳐진다. 수천의 관중들이 일제히 그루누이를 천사라고 찬양하기 시작하더니, 할아버지와 소녀가, 수녀와 대장장이가, 귀족부인과 하인이 서로 옷을 벗어젖히고 알몸을 탐닉하기 시작한 것이다. 그곳에는 주교와 시장, 판사와 경관들이 있었고 심지어 피해자의 아버지도 있었다. 권력과 권위, 법률과 질서, 도덕과 윤리 등 인간이 문명 위에 쌓아놓은 이성과 합리의 산물들이, 그루누이의 향수 아래에서 처참히 무너지고 있었다. 이성이 욕망에 의해 전복당하는 현장이었다.

 이러한 상황은 18세기 후반의 프랑스 대혁명을 연상시킨다. 길거리에 널브러진 똥 덩어리 같았던 민초들의 삶, 그리고 향기 속에서 사치와 번영을 누렸던 귀족들의 삶- 이러한 상반된 두 영역이 그루누이의 향기를 통해 뒤엉키면서 서로 은밀한 내면을 보여주고 또 충돌한다. 분노와 굶주림이라는, 원초적인 욕망 위에 쌓아 올린 단두대- 그럴듯한 품위와 권위, 겉뿐인 치장들로 무장하고 있지만, 결국 너도 나와 같은 더러운 인간인 것이다.
 비로소 꿈이 실현되었지만, 그루누이는 기쁘기는커녕 비참함을 느낀다. 매혹적인 향기 속에 숨겨진 자신의 비루하고 흉측한 모습을 발견하고서, 사람들이 찬미하고 사랑하는 대상이 자신이 아닌, 자신에게 부어진 향기라는 사실을 깨닫게 된 것이다. 그는 사람들이 자신을 사랑하게 할 수 있었지만, 결국 그들이 사랑할 것은 그가 아닌 그의 '가면'이었다. 그가 만들려고 했던 자신의 '거울'은, 도리어 자신이 얼마나 비참한지를 보여준, '깨진 조각'이었던 것이다.

 인간이 자부하는 이성이란, 예인들이 노래하는 사랑이란 얼마나 나약하고 부질없는 것인가. 결국 이것도 허울 좋은 껍데기이며 한낱 호르몬 장난에 불과한 것을. 마지막 부분을 읽으며, 고개를 흔들어 부정해보았지만 자꾸만 이러한 생각이 드는 것을 어쩔 수가 없었다. 문득 전에 보았던 그림 한 점이 떠올랐다. 프란시스 베이컨이라는 화가가 그린 이 초상화에는 매끈한 피부와 덥수룩한 수염 대신, 정육점의 고기처럼 붉은 살과 앙상한 뼈로 뒤덮인 한 남자가 깊은 고뇌에 빠져 있다. 인간도 알고 보면, 고깃덩어리와 뼈로 이루어진 하나의 물질일 뿐인 것일까, 그렇게 생각하고 나니 어쩐지 나 자신이 한없이 작게 느껴졌다. 결국 인간도 이성이라는 가면에 갇힌 욕망 덩어리일 뿐인 것이다. 근래 들어, 늘어나고 있는 흉흉한 범죄들이, 이 외면하고 싶은 사실을 확인시켜주는 것만 같아 자꾸만 답답해졌다.

소설 향수를 읽으며, 쥐스킨트의 감각적인 문체를 통해 글로나마 그루누이가 만든 환상적인 향기를 맡을 수 있었다. 그 향기를 맡으며, 파란만장한 18세기 중반의 파리를 느낄 수 있었고, 이성과 합리라는 표면에 갇혀있던 - 욕망으로 일그러진 인간의 진짜 모습도 볼 수 있었다. 당분간 이 향기는 머릿속에서 쉽게 떠나지 않을 것 같다. 향기에 취해 파리 시내를 돌아다니다 그루누이의 작업실을 엿보게 될 날이, 머지않아 다시 오게 될지도 모르겠다.

책을 덮으며, 왠지 나의 체취가 궁금해져 두 손을 코에 모으고는 깊게 숨을 들이마셔 보았다. 샤워 후에 바른 향긋한 스킨 냄새가 났다. 그루누이의 표현을 빌리자면, 이것도 가면인 셈이다. 푹 자고 일어난 뒤에 아무것도 바르지 않은 그 냄새가 진짜 나의 냄새라면, 나도 그리 좋은 냄새의 인간은 아닌가 보다. 영화의 마지막 장면, 검은 시장바닥 위로 엎어진 향수병으로부터 마지막 남은 한 방울이 똑 하고 떨어진다. 그 장면을 보며 왜 그렇게 아깝다는 생각이 들었던 것일까. 그날 밤은 나의 향기로 수많은 여자들을 사로잡는 꿈을 꾸었다. 내 안의 어딘 가에도 그루누이가 살고 있었다.

3부

아버지가방에

시: 말의 흙장난

詩를 두고
말(言)로 지은 절(寺)이라나
그럼 시인은 뭐
그 절에 사는 중이게?

가라앉지도 들뜨지도 않게
상념의 꼬투리를 코끝으로 배꼽으로
고요한 연못 가운데 피어난
연꽃 그 향긋한 깨달음을 따다
한 점 한 점 종이에 찍어보는 거예요

아니
그렇게는 절대 못 해

엄숙한 거 거룩한 거
날 때부터 진작에 글러 먹었고
피가 되고 살이 될 만한 거
빈 깡통 박박 긁어 보아도
손목만 욱신거려서 말이지

철썩이는 파도 갈매기 울음소리
백사장 한켠 덩그러니 퍼질고 앉아서
고운 흙(土) 집게손가락
한 마디(寸)로 마구 후벼보는 중
따가운 햇살이 목덜미를 할퀸대도
그저 깔깔거릴 수 있는

밀려오는 말의 부스러기
껍데기만 남은 아픔들 하나둘 끌어모아
자갈로 벽을 쌓고 삽으로 길을 내어서
막대로 깃발을 세우고 조개로 탑을 올려서

성대한 결혼식의 축포를 터뜨린다
오색빛깔 돌멩이 하객들 손 맞잡고 등 두드리며
공주님과 왕자님 입장하십니다
과연 언제까지 행복할 수 있을까요
어깨를 들썩이며 콧노래를 흥얼거리며
수틀리면 싹쓸어 한데 뭉쳐버리며

만일 거대한 용이 불 뿜으며 들이닥친다면
우주의 염원을 담은 전설처럼 내려오는 비장의 무기
그딴 건 모르겠고 손에 쥐고 있던 모래 한 줌
이글거리는 눈동자에다 끼얹어버리면 그만

엄마가 부르시네
손 탈탈 엉덩이 팡팡 후다닥

욱여넣고 잽싸게 튀어왔건만
차오르는 물살에 모든 것은 허물어지고
이미 흔적조차 사라진 지 오래

괜찮아 다시 쌓으면 되잖아
근데 어떻게 하는 거였더라
돌아서면 잊어버리는
매번 길을 잃어버리니
끝내 샛길을 찾아내고야 마는

즐거운 메멘토의 하루
끝~

상추 랩소디

저녁 식탁 위로 상추 접시 한 대가 착륙한다

혈당 다이어트라고
음식을 먹으면 혈당이 오르고 혈당이 치솟으면 인슐린이 과도하게 분비
되고 과도하게 분비된 인슐린은 포도당을 지방 형태로 축적시키고 또 뇌
에 가짜 배고픔 신호를 보내서 음식을 더 먹게 한다는데
그렇게 계속 처먹고 뒤룩뒤룩 살이 찌고
먹고찌고 맵고짜고 먹고자고 못고치고
건강이 무너지고 가정이 황폐화되고 사회가 붕괴되고
아니 세상이 새삼 이 세상에

어제 신서유기 보는데 배꼽 쪽 단추 하나가 피융 날라가더라고
그니깐 요지는
상추 먼저 씹고 시작하면 혈당이 덜 올라서 결론적으로 다이어트가 된다
는

순간 누가 먼저랄 것도 없이 입안에 상추를 욱여넣기 시작한다
쌈싸먹을 줄 알았던 선조들은 얼마나 지혜로우냐
우물쭈물 우물가 나그네에게도 한 이파리 띄워준다
급하게 드시다 돼지 될까 염려한 소녀의 마음이옵니다

소싯적 사전깨나 뜯어 먹었다던 삼촌처럼 우걱우걱

펴뜩 중얼거려도 본다, 더머걱더머걱머걱머걱

누가 볼세라 몰래 한 장 더 꿍쳐본다, 아이참

코끼리도 풀만 먹는다잖아, 그 코끼리

이리 주세요 제가 잘 싸서 먹어 볼게요, 띵동

저기 아까부터 너무 쿵쿵거리시길래, 죄송

이 안에 코끼리가 있어서, 이렇게 된 이상

장판에 한 장, 밑에 집 너네도 어차피 한입거리

천장한테는 밑에서 한 장, 윗집에도 한 마리 있나벼

싸늘하다 배꼽에 상아가 날아와 꽂힌다

하지만 걱정하지 마라 상추는 혈당보다 빠르니까

커튼에도 이불에도 셔츠에도 푸른 파도를 수놓으며

우리들 마음에 상추가 있다면 여름엔 여름엔 파랄 거예요

큰일이야 이러다 스머프 되겠어 어쩌면 슈렉

다른 색 배합이 시급한 상태 이를테면 빨강노랑하양갈색

극심한 현기증, 뱃속처럼 요동치는 초인종, 띵동띵동띵동띵동

어머 손가락이

나 몰래 뿌링클을 눌러버렸지 뭐야

구구단을 외자

불안할 땐 뭐라도 중얼거려야 한다
오랜 습관이다

갖은 숫자들과 가위표 작대기들로 범벅이던
책받침 모서리에 처음 정수리를 베이던 날
엎드려 축축한 이마를 훔치며 중얼거렸다
못 외우면 그 길로 낙오자가 되는 거야

그날부로 아침 세수하다가도 3단
현관문 앞 신발 콩콩 찧으면서 4단
짝꿍이랑 깔깔거리다 문득 9단
자다가 오줌 누러 가는 길에 8단
어쩜, 이다지도 버벅거릴 수 있는지, 삶이란
아직도 6단과 7단 사이를 더듬는 무언가

아가, 이건 시작에 불과하단다

어웨일이즈노모얼어피쉬댄어홀스이즈
칼카나마알아철니주납수구수은백금
엑스는이에이부네마이나쓰비뿌라쓰마이나쓰루뜨비제곱마이나쓰사에

이씨
 하은주춘추전국진한위진남북조수당송원명청
 복무신조우리의결의우리는국가와국민에충성을다하는

 내 어릴 적 꿈은
 하얀 말을 타고 달나라까지 날아가는 한 마리 고래
 가는 길목마다 버티고 선 스핑크스는
 거문 입술 사이로 칼자루를 물었지, 이걸 확 마 쪼인트
 깔까? 니는 남아, 알았어? 납작 수구리라고, 백곰 같은 새끼
 뭐, 에이씨? 니 지금 내한테, 이야 세상 마이 나아지쓰
 참으십쇼, 얘가 원래 멍청해가지고
 이해가 안되면 통째로 집어넣으라고, 눈깔을 파버리든가
 하나 둘 하나 둘

 두툼한 단어장 꼭 쥐고 중얼중얼
 마침내 처음부터 끝까지 해낸 그 어느 날
 두둥실 머리 위로 봉긋이 솟아오른 나는
 표면장력의 한계를 시험하는 한 컵의 콜라가 되어
 행여 계단 난간 같은 데 흘리기라도 하면 큰일이니깐
 점심 종치는데도 덩달아 뛰는 일 없이 어기적
 어기적 살금살금 걸어가곤 했던 것인데

 별안간 정수리를 덮치는 곰발바닥
 풍경이 흔들리며 갈라지는 실금 사이로 붉은 거품이 터지고
 내 핏줄 속을 지키고 있던, 뼈까지 단단히 덮고 있던
 무수한 단어들과 공식들이 줄줄이 새어 나온다

웨어얼이즈얼어죽을댄스홀, 어 이게 아닌데
하은주씨국민에충성을다하는전국노래자랑, 이건 진짜 아니고
육구오십팔 칠칠사십팔 이칠은십팔
이젠 더 이상 말도 고래도 될 수 없네
지평선을 찾아 달릴 수도, 저 깊은 바닥을 헤집을 수도 없어

마지막 문제입니다, 당신은 지금
올라가는 중일까요 내려가는 중일까요
6과 7의 층계참, 손가락은 두 개
조준 완료되었습니다, 눈에 자꾸 뭐가 돌아다녀요

중얼중얼중얼중얼중얼중얼중얼중얼

달걀과 계란 사이

둥근 달걀 두개 들고 두근 됐고
굴려 기름 구리 그릇 그래 계란

달걀은 덜 간 것. 아직도 닭의 품에, 그로부터
계란은 오는 것. 계란이 왔어요, 굵고 싱싱한

달걀과 계란, 그 갈림길에서 물었지
삶은 나에게 과연 무슨 의미일까
아가야 아가야, 에워싼 깃털의 온기를 뿌리치며
어머니의 어머니의 어머니의 어머니의
그 끝없는 고리의 시작점을 찾아서
완전하다고 칭송되기에 불완전할 수밖에 없는 존재의 모순에 관하여
평면에 수직으로 접한 상태로 고정될 수 있는 구체에 필요한 최소한의 곡
률과 그 수직항력, 그 불가능성에 대하여
끝내 으스러져 지구에 키스하고 만, 흐트러진 채 남은 나의 파편들과
삶이 지고 나서, 아니 삶아지고 나서는 결코 날이 될 수 없는 그 불가역적
인 슬픔에 관하여

내가 깨면 병아리, 남이 깨면 후라이
쉬지 말고 부리를 조아릴 것

내일 당장 거대한 손아귀가 나의 세계를 틀어쥘지라도
안에서 두드린 만큼 분명히 나의 날은 온다고

굵고 싱싱한

아버지가방에

시인 축하합니다

생일 축하합니다

시집 출간일 *
현관에 들어서니 별안간
노랫소리 들려온다

아내와 아이들이 준비한
서프라이즈 생일, 아니 시인파티
시인이 뭔지 모르고 시는 더 모르는 아이들은
아빠 생일이 벌써 돌아왔나부다
냉장고 속 케이크만 어른거리고

시인이 되고 싶었지만 시를 모르는 나는
내 앞에 붙여진 그 두 글자가
영 못 미덥고 부끄럽다

지금 아이들에게 시란
피카츄와 이브이와 세균맨이 뛰노는
아빠 목소리가 나오는 그 무언가

---

* 첫 번째 시집 〈출동 다이뻐맨〉

벌써 몇몇 구절을 따라 외워버린
고 조그만 입술이 신통하다가도
언젠가 그 손이 닿게 될 다른 페이지 생각에
가슴 한 켠이 조마조마하다

아아, 끝내 나는 시인하고야 말 것인가
짐짓 다정한 척 가족에 관해 썼지만 그것이 적히는 동안
잠시나마 벗어날 수 있어 행복했노라고
그대를 향한 숱한 사랑 노래를 읊었지만 실은
여러 얼굴을 가졌노라고, 때로는 맵고 때로는 쓰라려
고상한 취미인 척, 아님 말고, 쿨한 척하고 있지만
실은 내 전부라고, 밑천이라고, 모든 걸 다 걸었다고

신나는, 詩인 나는, 마침내 詩가 인나는
이마냥이라는 이름으로 다시 태어나는

네, 시인 축하합니다

$$y= k/x \ (k \neq 0)$$

뜨거운 태양 아래 황량한 대지
신의 미소 위를 배회하는 자
나는 버려졌다

맘은 저 멀리 반짝이는 점 위로
몸은 열기에 울렁이는 길 위에
언젠가 품에 안을 너를 꿈꾸며
오늘도 흥건한 그림자를 잔뜩 이고 걸어간다

눈을 뜨면 어느덧 휘어진 자리
저 건너 내 맘은 일렁이며 다가올 듯
끝내 삶은 꿈을 저버리는가
외쳐도 뻗어도 쥘 수 없는 것인가

달음질칠수록 오히려 더 멀어지는
반복되는 하늘의 장난 속에 발버둥 쳤건만
넓어서 답답한 세상 내 뜻대로 된 것은
아무것도 없었다

그래도 마냥 간다

아버지가방에

아버지가 방에
아버지 가방에
아바이 지갑 안에
어버버 지가 버네마네

들어오시네
들려오시네
드러워 쉬네
두려워 우시네

방어에 바지가 시들어간다 *

F10

이봐 총각 일어나라구
술을 웬만큼 마셔야지
우리 문 닫아야 돼 얼른 일어나

이짜나요 그거 아세요
어떤 새끼지 내 컨트롤키를 뺏어가서
계속 누르고 있어요 돌려 달라는데도
자꾸 안 돌려줘요 그래도
이젠 좀 사람답게 살아보려고
아 뭐든 해보려고 이것저것 눌러보는데
계속 이상한 게 떴다가 꺼지는데
나도 내가 왜 이런 줄 모르겠는데
CV 내가 할 수 있는 거라고는 그냥
남들 하는 거 고대로 따라하는 거 밖에 없는데
그건 내가 아니잖아요 그렇잖아요
그건 아닌 거잖아요 네?
네에 할머님? 아 대답 좀 해 주세요
어머님? 이모님? 음~ 누님?

죄송해요

저도 처음부터 이렇지는 않았어요

사람들이 제 말은 말 같지가 않다잖아요

무슨 상형문자나 특수기호 보듯이 보잖아요

그러니 내가 할 수 있는 게 뭐가 있겠어요

그래도 이렇게 딱

소주 한 병 잡고 있으면

만사가 다 평온해지는데

요로코롬 생기가 팽팽 도는데

술을 마셔야 내가 사람이 된다는데

왜 자꾸 나보고 개라고 하냐고

웃어? 너도 나 무시하냐?

이런 CV노ㅁ @*$%^¡■■¡○○\╞♡¿₩

---

* (F10.) 알코올 사용에 의한 정신 및 행동장애

* 1연: 드렁큰타이거 〈주정〉

3.3

뚝뚝 시곗바늘이 새긴 입김에
어김없이 잦아들던 언어의 불꽃처럼
고대로 이 눈꺼풀도 쭉 잠기면 좋으련만

문틈 사이에 걸려있던 네모난 빛 덕에
기어코 비집고 나와버린 서러운 하루는
끝끝내 온 방을 죄다 휘젓고야 만다

미친놈아 삼삼 안된다 그랬잖아
그러게, 원체 수 계산에는 어두운 편이다
교문 앞에서 모눈 공책을 받는 날이면
수업시간 틈틈이 오목을 뒀었는데
그런 날이면 손에 쥔 아이스크림처럼
하루 치 용돈도 다 녹아버리곤 했지
그저 눈앞에 피어나는 동그라미들에 집중하며
하나둘 검은 점만 찍었을 뿐인데
정신 차려보면 이기려고 규칙도 무시하는
몰염치한 인간이 되어 버리고

이토록 미친 선들이라니
발가벗겨져 처음 마주한 세상

걸음마다 지뢰처럼 터지던 격자들
잡초처럼 무성한 흰 동그라미와 검은 점과
저마다 볼록하게 솟아난 붉은 실핏줄
빙 둘러앉고서 침을 튀기면서
너 삼삼이지 또 삼삼이지 자꾸만
비좁은 네모 속으로 나를 몰아넣는데

삐빅 무인도입니다
저런, 코너에 몰렸군요
어서 오세요. 평가도 경쟁도 탈락도 없는 이곳
갈매기들과 야자수나무가 당신을 기다립니다
사람이 가장 힘든 당신을 위한 지상낙원
해변에서 고기를 잡으며 저 수평선 위로
번쩍번쩍 포탄이 날아다니는 꼴을 지켜만 보자구요
자, 어디 한번 주사위를 던져보시겠어요? 호잇!
이런, 삼삼이군요. 그대로 배 타고 나가주세요

벌써 세 시
변기 속에는 달이 밝고 구름이 흐르고 하늘이 펼치고
추억처럼 퉁퉁 부은 눈의 한 사내가 있다 *

---

* 윤동주 〈자화상〉의 마지막 구절 패러디

생활계획표

방학이랍시고
이거 뭐 가를 수도 없고
맛짜가리도 없는
알록달록
피자 한 판을 구워왔길래

그러지 말고 한번
두루마리 휴지에다 그려보라 했다
책상 우에나 변기 옆에나
배루빡에 붙은 건 마찬가지

얼마나 좋으냐
고개 들어 한번 도리도리 시계 한번
한숨 푹 가슴 졸이지 않아도 되고
내키는 대로 뜯어서 닦아버리면
뱅글뱅글 물살을 타고 날라가버리지
색노 넣었으면 아침마다 만나게 될
슈퍼 크리스탈 칼라똥 파워

둘둘둘
풀려가며 자라는
두근두근
빈칸의 모험

　　아버지가방에

신이 나를 만들 때

'유머감각' 한 꼬집
'의리' 두 스푼
이제 '응큼함'만 조금 넣으어어어어ㅓ
69통을 넣어버림ㅋ

그럼 그렇지
유머러스한 남자가 추세라잖아, 의리가 넘치는
남자다운 남자, 몸서리치게 할
엔딩만 생각해 황홀하고도 짜릿한 키스씬
응? 이거 독일 월드컵 때 노래라고?

꿈을 꿨어
프랑스 파리, 비늘로 빚은 골목
헤쳐지다 이내 뜯어진 살덩이들, 십 분 전엔
장 바티스트 그루누이였던 것, 어떠한 냄새도 없이
붉은 웅덩이 위로 투명한 향수병 하나가 굴러간다, 벌려진
도톰한 마개보부터 바닥까지 긁어모은, 세상 모오든
환희와 열락과 절망과 환상과 쪼그라들었다
솟아나는 아픔들을 모조리 삼킨 그 마지막
한 방울이 똑하고 떨어진다, 저 돌바닥이 내 목덜미였으면

흩어진 비늘들이 한데 어우러지며 세찬 꼬리가 되었으면
바람결에 실려 날아가다 스치는 콧잔등을 깨물었으면
목젖을 뒤집고 달려드는 손아귀 사이에서, 천사처럼
눈을 감고서 기도하면서 유유히 구름 사이를 떠다녔으면
그렇게 새로운 제단 위에 부조로 새겨진
나의 몸뚱이를, 그 입술을, 내일도 판화처럼 찍어질
그 풍경들을 너와 함께 볼 수 있었으면

자긴 나 보면 그 생각뿐이지?
아냐 오해야
안 볼 때도 그런걸

귓속 가득 뱉어 줘
인생의 절반 손해 봤어요

* 1연:　인터넷에 한때 유행했던 '신이 나를 만들 때'라는 검사에
'이마냥'을 입력했을 때 나온 결과 텍스트를 인용했습니다.
출처: Vonvon (https://br.vonvon.me/quiz/329)

나는솔로

수요일 밤 나는솔로를 본다

본디 나는솔로는
부부끼리 봐야 제맛, 이효리 이상순도 꼭
같이 챙겨본대, 나NO솔로라서?
그 얘기 벌써 세번째네요 영수씨
그랬나요 미안해요 옥순씨
그치만 할 때마다 웃긴걸 어떡해요 흐흐
그런 드립 남발 안돼요 제발 속으로만
쉴드 쳐주기 힘드네 증말, 데프콘이 혀도 끌끌 찬다

　앙상한 가지엔 나부끼는 두루마리 하나. 캐리어 속엔 스쳐 간 노래들이 터질 듯 욱여 넣어져 있고. 덜덜거리며 언덕을 올라 앙다문 입술로 끈을 잡아당긴다. 떨어지며 사슬에서 풀려나는 나의 두 글자. 사립문을 열고 길섶에 쪼글고 앉으면 일렁이며 다가오는 오솔길. 구부러진 길목마다 장승들이 솟아나고. 저마다 잡아먹을 듯 치켜뜬 눈으로 날선 이빨을 번득이는데. 그것은 의젓한 영수일 수도 싹싹한 영호일 수도. 어쩌면 건실한 영식 듬직한 영철일 지도 몰라. 똑똑한 광수 유쾌한 상철이래도 좋다. 퐁당퐁당 돌을 던지자 영숙 몰래 정숙에게 돌을 던지자 냇물아 순자에게 퍼져라 널리널

리 영자에게 퍼져라 건너편에 옥순 나물 씻는 현숙 모두 모두의 손등을 십
수년 간 숙성시켜 온 알찬 돌맹이로 잔뜩 간질여 주고 싶건만

　사람의 마음에도 날개란 것이 있어서
　둥지를 튼 확신과 이파리로 엮어진 믿음 모두
　콧김에도 흩날리는 푸드덕 깃털 같은 것이어서
　맘 같아선 꼬챙이에 꽂아 솟대처럼 세워놓고 싶지마는
　나 외로워 나랑 데이트 가자, 끝내 핏대만 세우고 마는
　굳게 닫힌 철문을 열고서 기어 나오는 짜장면 한 그릇
　인생은 B와 D 사이의 C라는데 *
　이곳에서의 사랑은 E와 G 사이의 F
　Excited와 Genuine 사이의 Flirting, 깊어가는 Feeling이랄까
　오가는 술잔 달궈진 불판 사이 매캐한 연기 안에서
　공언하고 다짐했던 내 사람의 조건은 모래성처럼 무너진다
　잘게 저며진 마음 야무진 한 쌈으로 드밀어보지만
　턱 빠져라 벌린다고 도로 돌아오는 건 또 아니다

　시냇물 졸졸 아침마다 산새들 지저귀던 작은 마을은
　어느덧 세렝게티의 드넓은 초원이 되어
　이따금 궁지에 몰린 주둥이들이 알 수 없는 궤적을 그린다
　　미친 거 아냐? 난 절대 저러지 말아야지
　　아니 저기서는 저렇게 말을 하면 안되지
　소파 위에선 세상 처세전문가 연애고수가 따로 없고
　　어머 그거 X 얘기야? 아직도 막 떨리고 그립고 그래?
　내 거친 생각과 불안한 눈빛과 그걸 지켜보는 TV가 있다

---

* Life is Choice between Birth and Death.

수줍은 걸음으로 쭈뼛쭈뼛 다가온 너는
한 손으로 만든 고깔에다 간절한 그 이름을 속삭여주었었지
그렇게 너는 나에게로 와서 꽃이 되었다
어차피 내 것이니 함부로 꺾어도 된다고 생각했을까
가시덤불 속을 함부로 휘적이다 서로 상처만 남았던 순간들
나는 솔로, 너는 미로, 대화는 도로 아미타불
때로 삐걱이지만 꼭 맞잡은 하모니는 이토록 청량하다고
그때 그 순간처럼 멀찍이 마주 보고 선 우리
떨어져 있을 때 비로소 맡을 수 있던 그 향기를 기억하기
잠든 너의 위로 날개를 모으고 내려앉아서
한 글자씩 네 안에다 나를 실어 보내어 본다

밤하늘이 새까맣게 비벼지고 있다

무지개반사

니 똥개
응 반사
응 무지개반사
응 반사반사반사

빛의 성질을 배우는 시간
이 장미가 이토록 빨간 것은
모든 빛 중 유독
빨간빛만 반사시키기 때문입니다
그렇구나 어젯밤에도 나의 장미가 담뿍
붉은빛을 머금었다고 끼적거렸었는데
어쩐지 콧등이 간지러웠다

앞으로는 사전을 펼쳐 이 세상
가장 향긋한 단어만을 골라
거기에만 반사 버튼을 누를 거다

통 통 통 이어지는 랠리 가운데
가시는 담뿍 머금고 꽃잎으로 도로 뱉어내는
나는 너의 꽃이 되고 너는 나의 향기가 되어

똥개 같은 개똥
개똥 같은 똥개
로 무성했던 지독한 나의 행성도 언젠가는
알록달록 정원으로 만발하며 가득
한가득 넘실거릴 거라고

5단합체 볼트론

지구용사 볼트론
다섯사자 볼트론
오색찬란 볼트론

삐비비비비비빅
알람이 울리고 풀빛 발톱이 다급하게 버튼을 누른다
야 왜 그래? 어제도 지각했잖아
쉿 빨강이 넌 모르면 가만있어 글씨도 못 쓰는 주제에
검정이 얘 요새 까칠해졌잖아 잠이 부족한가 좀 더 재울라고
그러게 누가 밤새도록 폰 만지래, 이불 끝자락이 들썩이더니
파란 주둥이가 으르렁거린다, 얼른 깨워 또 지각하면
우리만 고생이라고 목이며 허리며 멀쩡한 곳이 없는데
그건 니가 어제 헛디뎌서, 말조심해
칼질도 똑바로 못하는 게, 내가 글자 써도 너보다는
노란 궁둥이도 달그락댄다, 허구헌 날 싸매져 있는데
돌멩이고 나발이고 뭐 보이는 게 있어야, 그러게
너희가 끈만 잘 잡았으면, 웃기시네
지들은 자루 하나에도 후들거리는 주제에
아니 그건 니가 삽질을 못 해서
아니 니가 부실해서, 지는, 지는
지랄, 지랄, 그만, 그만

　　　　　　　손이라니
이짓도 더는 못해먹겠다 이렇게 손발이 안맞아서야
　　　　　　　　　　　　　　　　발이라니
미안미안 이렇게 사자사자가 안맞어서야
뭉치면 못할 것이 없다 생각했는데
눈치도 다섯 배 먹는 것도 다섯 배 스치는
말 한마디에 맺히는 눈물도 다섯 배
말 나온 김에 우리 위아래로 자리 바꾸자
이제 무좀 연고 삼키는 것도 지겨워, 안되면
옆으로라도, 응? 제바알

괴성과 동시에 검은 주둥이가 솟아오른다
삽시간에 정물이 된 링 안, 던져진 정적에
반동을 넣는 목소리, 그동안 고생 많았지
못난 대장 옆에 꼭 붙어서, 험한 꼴 별의별 꼴 다 보면서
그것도 이젠 끝, 드디어 떨어졌어, 기다리던 출동명령
그래 가 보는 거야 우리를 부르는 그곳으로
더 넓은 세상으로, 스태플러도 기름칠도
장갑, 아니 마스크 뒤에도 숨을 필요가 없는
광활한 저 구름 너머로, 그 눈부신 날갯짓
5기통 제트엔진의 용솟음치는 분화구 속으로

베란다 한 켠에 남은
노끈으로 동여맨
빛바랜 일기장 꾸러미

정의의 사자 볼트론
악의 무리 쳐부숴라 볼트론
그 이름 영원하리 볼트론

어흥 어흥

어흥 어흥

　어흥

---

* 볼트론: 검정, 빨강, 녹색, 파랑, 노랑의 오색빛 사자가 합체된 슈퍼로봇. 각각
　　몸통과 머리, 오른팔, 왼팔, 오른다리, 왼다리를 맡고 있다. 팔다리를 뻗
　　으며 각 사자들이 순서대로 포효하는 변신 합체 장면이 이 로봇 만화의
　　백미이다.

　　　아버지가방에

크크루삥뽕

그것은 나도
인정하는 부분

어쩔티비 저쩔티비
우짤래미 저짤래미
오지고 지리고 렛잇고
킹받쥬 빡치쥬 아무말도 못하쥬
응 못죽이쥬 어쩔저쩔 안물안궁
오지고요 지리고요 고요
고요 고요한 밤이고요

뭐야 그게
얄리얄리 얄라셩?
아으 다롱디리 더러둥셩 다리러디러?
너희는 이거 모르지? 너희 30대조 할아버지가
열 살 때 코 파다가 서당 바닥에 낙서했던 글이야

우욱 틀딱냄새 오져따리 오져따

쿵쿵따리 쿵쿵따 개드립 쿵쿵따
패드립 인정하는 각이고요 인정? 어 인정
고소미 먹어도 할말없는 부분 동의? 어 보감
이거레알 반박불가 빼박캔트 버벌진트 빡쳐서
집에 가도 할말없는 부분 이동휘? 어 박보검

인정받고 싶은, 인정받지 못하는 마음이
현란하고도 무의미한 언어의 춤사위가 되고
앞에 선 혓바닥을 마비시켜 포박해냈다는
안도감의 달콤한 열매가 떨어진다

애배배배배베 녜알겠셉녜대
갑자기 목소리 깔고 어쩔
다큐임? 덕후임? 다구림?
어쩔어쩔어쩔 저쩔저쩔저쩔
할 말 없으니까 급마무리하는 거 맞쥬
급똥 마렵다고 빤쓰런 하는 거 맞쥬
이딴 것도 시라고 쓰고 있는 거
겁나 무책임한 부분 린정? 어 린정
잼민이랑 말싸움 붙었다가 쳐발린 거 인지용? 어 인지용
거기 엄지손가락으로 스마트폰 화면 까딱거리면서
이거 읽고 있는 사람 권지용? 어 권지용
인정? 린정인정 인정?

어 인정

반박 시

님말 다 맞음

---

* 청주에서 학원 하는 친구에게서 요즘 학생들이 '크크루삥뽕'이라는 말을 쓴다는
얘기를 듣고부터 같은 제목의 시를 쓰고 싶어 밤새 열병을 앓았다.
'급식체 특강' 3회 수강 후 놀이터 스파링을 통해 실전 경험을 쌓았다.

<독후감>

홀든 끄집어내기

J.D. 샐린저, 〈호밀밭의 파수꾼〉

  내가 홀든 코울필드를 처음 만난 것은 아마 중학교 3학년 때였을 것이다. 그때 나는 수학의 정석 수1책을 겨드랑이에 낀 채 걷고 있었는데(표지는 낡았지만 옆구리가 금방 산 것처럼 깨끗했다), 건너편에서 사냥 모자를 쓴 한 소년이 담배를 피우면서 걸어오고 있었다. 처음에는 시크한 그 표정 때문에 어른인 줄로 알았었다. 간단한 통성명 후에 한 시간 정도 대화를 나누었는데, 길지 않은 대화 동안에 알 수 있었던 사실은 그가 다니던 학교에서 대부분의 과목에서 낙제를 했고 이걸로 두 번째 퇴학을 당했으며 집으로 곧바로 갈 수는 없어 지금 좀 시내를 돌아다니고 있다는 것이었다. 그리고 그런 엉터리 같은 학교에는 다시는 돌아가고 싶지 않다고 했다. 모두들 사랑하는 척, 감동받은 척 가장하고 있다는 것이다. 그 학교의 교장은 학부모들을 옷차림에 따라 차별대우를 하고, 한 성공한 졸업생은 기도를 열심히 하라는 설교 따위를 한다고 했다. 이렇게 그는 말의 대부분을 툴툴거리기만 했는데, 나는 그런 태도가 좀 정신병자 같다고 생각했다. 나이도 나랑 비슷하면서 뭐가 그리 불만이 많으냐 말이다. 아무튼 그런 생각들로 골몰하고 있을 즈음, 그가 갑자기 나의 책을 흘낏 보더니 정말이지 너 같은 녀석은 질색이라고 으름장을 놓았다. 질 수 없기에, 나도 너같이 오만하고 불만만 많은 녀석은 꼴도 보기도 싫다고 했다. 그렇게 첫 번째 만남은 씩씩거림으로 끝났다.

말은 그렇게 했지만, 솔직히 그 녀석이 좀 부러웠다. 중학교 때까지 나는 반항이란 걸 모르고 자랐었다. 고등학교 때는 그나마 나았는데, 그래도 별반 다를 바 없었다. 한번은 밤에 기숙사에서 도망쳤다가 걸려서 사흘 동안 교내 봉사를 한 적도 있었고, 수능을 백일 앞두고 반장인 주제에 반 전체를 데리고 야자시간에 땡땡이를 치기도 했다. 부모님 몰래 가요제를 나갔다가 받은 상금을 논술대회에서 받은 거라고 뻥 친 적도 있었다. 술자리에서 지지 않으려고 쥐어 짜낸 것들이라 반항이라 하기에도 우스운 감이 있지만, 이마저도 없었다면 나는 정말이지 초라했을 것이다. 그랬다. 나는 반항을 동경했지만, 차마 반항하지 못하는 샌님 같은 아이였다.

　그리고 얼마 전에 다시 홀든을 만날 기회가 있었다. 그동안 나는 키가 제법 크고 거뭇거뭇한 수염도 자라게 되었으며, 꾸준히 공부한 결과 목표하는 곳으로 진학할 수 있었다. 5년여의 세월이 흐른 어느 날, 문득 그가 보고 싶었다. 동생의 방에서 다시 만난 그는 아직 시내를 방황하고 있는 중이었다. 그때처럼 사냥 모자를 쓰고 있었고, 투덜거리는 말투 또한 여전했지만 그때는 매우 오만하게 보였었던 반면에 지금에 와서는 어쩐지 쓸쓸하고 외로워 보였다. 많이 변한 것 같네, 손을 흔들며 내가 말했다. 그의 대답-글쎄, 네 쪽이 더한 거 같은데

　그래, 변한 건 나일지도 몰랐다. 그건 나도 알고 있었다. 대학에 진학하여 부모님 품을 떠나고서, 나는 순간의 자유에 발광했고, 할 일을 기억하기 보단 망각하려고 했으며, 학교나 학업 같은 것에 염증을 느끼기 시작했다. 그렇게 제대로 놀지도 못하고 제대로 한 것도 없이 3년여의 대학생활을 보내면서, 반항이란 건 꿈도 꾸지 못하고 올바른 길로만 걸으려 했던 그 아이는 흔적조차 보이지 않게 되었고, 남은 것은 이유 없이 피곤에 찌든 몸뚱이와 남부끄러운 학점과 지각과 결석으로 점철된 출석부였다. 그렇게, 뭉게구

름을 보며 시를 짓던 한 소년은 어느새 꿈과 희망이라는 말에 오글거리고 감동도 받을 줄 모르는 무덤덤한 아저씨가 되어 가고 있었다.

  정신을 차려보니 어느새 홀든이 내 등을 토닥이고 있었고 나는 고개를 수그린 채 얼마간 흐느끼고 있었다. 맙소사, 이런 꼴이라니. 게이 같은 짓거리 집어치우고 집이나 돌아가시지, 라고 내뱉으려다 그렇게 말하려는 나 자신에 깜짝 놀랐다. 어느새 말투까지도 옮아버린 것인가. 녀석이 담배를 권했으나 나는 안 배웠다고 말했고, 그러면 술이라도 한잔하자고 했지만 왠지 술을 마시면 더 우울해질 것 같아 사양했다. 그가 얘기를 시작했다.

  학교를 그만두고 뉴욕을 헤매는 동안 많은 것들을 겪었노라고 말이다. 싸구려 호텔에서의 악몽 같은 하룻밤도 있었고, 허영심 가득한 여자 친구에 관한 얘기라던가, 이해할 수 없는 섹스 취향을 가진 친구라던가, 아무튼 모두가 역겨운 얼간이들이라고 했다. 이윽고 술에 취해 추위에 바들바들 떨며 죽음을 떠올렸던 그 날 밤의 얘기를 해 주었는데, 그때 자신이 마치 폐렴에 걸려 죽을 것만 같았지만 그 순간 여동생 피비의 모습이 떠올랐다고 했다. 나는 그가 말은 저렇게 하지만 사실은 외롭고 쓸쓸하며 열등감에 시달리는, 나약한 심성의 소유자라고 생각되었다. 마치 나의 모습을 보는 것 같았다.

  나도 가끔 내가 죽는 상상을 하곤 해, 내가 말을 이었다. 때때로 나는, 내가 너무나도 초라해서 견딜 수가 없는 것이다. 내가 잘하는 일은 아마도 히죽 웃는 일 정도일 것이다. 정말이지 그건 세계에서 제일 잘할 자신이 있다. 여러 사람들과 같이 대화를 하다 보면 나는 할 말이 없을 때가 많은데, 그럴 땐 잘 모르는 일에도 나는 그저 히죽 웃고만 있곤 한다. 그럴 때면 이상하게도 나는 어딘가 쓸쓸한 기분이 들었다. 정말 아무것도 아닌 일인데도 그런 일이 신경 쓰이는 것이다. 그러다 보면 세상에는 내가 아는 것들과 할 줄 아는 것이 별로 많지 않다는 것을 깨닫게 되고, 억지로 그나마 잘하는 몇몇 얄팍한 것들로 나를 무장하려는 내 모습을 볼 때마다 나는 점점 더 나에게 염증을 느꼈다. 내가 있을 곳은 어디에도 없는 것 같았다. 그런데도 나는 애써 쿨한 척 하려 했다. 쿨한 척, 이건 내가 두 번째로 잘하는 일일 것이다. 어느새 나도 반항이란 걸 하고 있었다. 나 자신에게, 그리고 이 세상에게 말이다.

얘기를 마치고 고개를 들어보니 어느새 녀석은 사라지고 없었다. 듣지도 않고 가버리다니 젠장 맞을 녀석. 녀석이 앉았던 자리에는 쪽지가 하나 남겨져 있었는데, 거기에는 이렇게 적혀 있었다.
 '미성숙한 인간이 어떤 이유를 위해 고귀하게 죽기를 바라는 경향이 있는 반면 성숙한 인간은 동일한 상황에서 묵묵히 살아가기를 원한다.'
 이 말을 읽어보며 지금 나 자신의 모습을 떠올려 보았다. 나는 나를 가로막는 모순과 피폐함을 이길 생각은 하지 않고, 거기에 안주하여 좌절하지는 않았던가. 마치 그렇게 나 자신을 죽이고 포기하는 일이 최선이고 멋진 행동이라고 생각하면서 말이다. 줄곧 어른이라고 생각해 왔지만, 나도 결국에는 투덜대는 철부지에 불과했던 것이다.

얼마 뒤, 길에서 우연히 마주친 홀든의 모습은 한껏 밝아 보였다. 집으로 돌아갔느냐는 나의 물음에 그는 그렇다고, 지금은 병원에서 치료를 받는 중이라고 말했다. 혐오와 환멸로 가득 찬 이곳을 영영 떠나버릴 작정이었지만, 마지막으로 만나러 간 여동생의 천사 같은 모습을 보며 결국 이 세계에 머물 수밖에 없다고 느꼈다는 것이다. 그러면서 자신은 '호밀밭의 파수꾼'이 되기로 결심했다고 말했다. 호밀밭의 파수꾼? 그게 뭐야? 왜 넓은 호밀밭 같은 데서 쬐끄만 어린애들이 놀잖아, 내가 하는 일은 누구든지 낭떠러지에서 떨어질 것 같으면 붙잡아주는 거지. 그게 내가 하고 싶은 일이야.

진심으로, 녀석이 한 말 중에 가장 멋있는 말이었다. 아마도 홀든을 낭떠러지에서 떨어지지 않게 잡아준, 그의 파수꾼은 여동생 피비일 것이라고 생각되었다. 그는 이 세상에서 사랑을 얻지 못하고 사랑을 부정하는 삐뚠 아이였지만, 꾸밈없는 여동생의 모습에서 진정한 사랑을 느끼고 마침내는 세상을 향해 화해의 손길을 내밀었던 것이다. 그런 따뜻한 상상과 함께, 머릿속에서는 어쩐지 푸른 하늘 아래 펼쳐진 노란 물결이 떠올랐다. 갑자기 어디선가 호밀빵 냄새가 풍겨올 듯하더니, 몹시 허기지기 시작했다. 그래, 나에게도 '파수꾼' 같은 것이 필요해. 누군가가 나를 잡아주었으면 하는 마음이 절실했다. 순간 가족들과 교수님들과 친구들의 얼굴이 스쳐 지나갔다. 모두들 떨어지려는 나에게 손을 내밀어 줄 것 같았다. 그렇게, 다들 그 자리에 그대로 있었다. 그래, 그동안 그토록 외로워했지만 정작 저 사람들을 외면한 것은 내 마음이 아니었을까. 그렇게 생각하니 마음이 따뜻해지는 것 같았다.

정신 차려보니 녀석은 또 사라지고 없었고, 책상 위에 작은 글씨로 뭔가가 적혀 있었다. *'누구에게든 말하지 않는 것이 좋아. 말을 하면 모두 그리워지기 시작하니깐'* 이런, 이렇게 된 이상 언젠가는 지금 이 순간도 그리워지게 되려나. 밖으로 나와 보니, 제법 추워져 이제는 장갑도 챙겨야 될 듯싶다. 아, 방학이 빨리 왔으면 좋겠다. 정말이지, 지긋지긋한 날들이라니깐.

4부

호의주의보

엠피뜨리

이토록 작았었다니요

3분 카레라니요
오천 명이 먹고도 남는다니요
밤새 들이붓는데도 허기지더니
끝내 셔츠 단추가 날아가다니요
그제서야 알아차린 남대문 자꾸
자꾸만 채워지지 않는다니요
뱃살만큼 두툼한 책들 뻐기며
신나게 엉덩이를 흔들어댔었는데
몇 글자 채 떨어지기도 전에
삽시간에 죄다 정리되다니요
스쳐 온 가로등마다 새겨진 그 얼굴
묻어도 태워도 다시 돌아오다니요

고작
조그만 세모 위
손가락 하나 갖다대었을 뿐인데

뫼비우스의 띠

그만 좀 해 다 알고 있어

그때 내 옆구리 함부로 끊어서는
멋대로 풀칠해 놓고 토낀 거
그거 너잖아

꽁꽁 숨기려 발버둥 쳐봐도
어느새 비집고 나와 온 바깥을 어지럽히던
속도 없이 히죽거리다가도
흥건한 수건으로 내내 바닥을 훔치던
언저리에 붙은 터럭 하나로 시작해서는
끝도 없이 뒤꿈치를 붙잡고 궤도를 맴돌던

그 향기, 이젠 전부가 된
그날 그 꼬임에 관하여

호의주의보

알림
호의주의보 발효에 따른 교량 통제

뭔가 이상하지 않아?
아니, 틀리지 않았어

그날 네가 함부로 던진 빵조각에
잠잠하고도 고요한 연못 속으로
거대한 소용돌이가 휘몰아쳤거든
언제 생겼는지도 모를 굵은 상처 때문에
수없는 밤을 뜬눈으로 지새웠는데

어째서 넌 나를 좋아하지 않는 거야?
그때 그건 다 뭐야?
왜 넌 항상 그 자리에서 그렇게 빛이 나고
난 이렇게 생겨 먹은 거야?

세상의 모든 밝은 빛깔을 섞어보아도
우중충해질 뿐 결코 흰색이 되지는 않더라
아무리 호의를 덧칠하고 덧씌워보아도

절대 호감이 되는 건 아니라는

한 방울 두 방울
이내 찰박이며 차오르는
내 마음의 가장 낮은 자리

섬이 되기로 했다

Dear Real
잊혀질 것 같은, 애써 잊고 싶은 *

Scene #0708

딱
닫히는 순간
너는 녹아버린다

오른손으로 기역
왼손으로는 니은
양팔을 디귿자로 뻗어
리을로다가 기도하는 중
아니 리얼이라니깐

저 속에선 모든 게 눈부시다
기쁨도 슬픔도 분노도 아픔도
숱한 가위질과 대사와 자막과
음악과 조명, 뿌연 화장 속을 헤매며

나의 할 일이란
가만히 소파에 앉아

---

* 노래 〈TV Show〉 (짙은)

닿는 통조림마다 따서 퍼먹으며
단지 몇 개의 버튼을 누르는 일, 함께
웃고 우는 일, 차마
울지 못하고 웃지도 못하는 일

그래, 내년엔 저기 꼭 가 보자
왁자지껄한 천둥소리가 풍차 날개를 타고
튤립이 보이는 화면을 흔든다
비가 쏟아지면, 범람하는 저수지
안돼, 여긴 안돼, 뒤뚱뒤뚱
끌어안고서 혀를 빼물고서 소리쳐 보지만
손톱을 세우고 달려드는 파도에 묻히고야 만다
파시식
눈부신 그 빛이 꺼지고 나면
그제야 너는 등 뒤에서
내 목을 감싸 쥐며 슬그머니 일어서겠지

그땐 보고 싶지 않아도 보게 될 거야
악취로 끈적이는 바닥
설 곳을 잃어버린 수많은 잡동사니들과
뭉개져 더 이상 끼울 수 없는 퍼즐 조각들
바스락 스멀스멀, 콧잔등을 덮는 거미줄의 감촉과
허기를 달래주던 그 모든 것들이 실은
알맞게 잘라진 너의 살점이었다는 사실도
그마저도 유통기한이 한참 지나버려
닳은 펜으로 새로운 날짜를 덧씌우려

마구 긁어대다 움푹 패어버렸던
몇 번이고 되감고 다시 재생했던
뭉개져버린 너의 그 표정도

아마 오케이 사인은
영원히 떨어지지 않을 것이다

낙화

꽃이 졌다
이긴 건 누구지

바람이 달려와서는 당연히 계속 콧김 때린 나지
나무가 팔을 흔들며 손아귀 힘 풀어준 게 누군지 잊었냐고
빗방울도 붙어서는 방금 헤딩 들어간 거 다들 못 봤어
지나가던 벌이 접때 꿀 뜨면서 뭐 잘못 건드렸나
나비도 질세라 다리에 붙은 요게 내 방명록

시끌벅적한 노랫소리가 이불을 뚫고 들어온다
유치하긴, 뭐가 그렇게들 우습고 즐거운지
젖은 수건, 멀어지는 뒤통수, 수없이 반복되던 후렴구와
숨만 참으면 팔다리를 휘감던 무성한 흙더미

괜찮아
너는 지지 않았어
계절의 무게를 오롯이 혼자 지고 있을 뿐
자고 나면 새로운 풍경이 채워지고
다시 이어지고

지구가 안아줬다

앉는다는 것

처음 너의 등이
가시투성이 울타리를 허물고
온몸으로 기대어 왔던
그 순간을 기억해

풀 무더기 한 조각일 뿐이었던 내가
성큼 다가온 흡족한 무게감과 함께
얼마나 근사한 의자가 될 수 있었는지
잔뜩 굳었던 어깨가 풀어지며 흘러나온
침자국, 쿡쿡, 데칼코마니, 쩌억
그대로 이 이마에 새겨지며
고 빨개진 얼굴에 어찌나 키득댔던지

바람 따라 너는 날아가버리고
눈앞은 또다시 덤불로 무성해졌지만
너로부터 떨어졌던 그 온기
깊이 스며든 촉촉함으로부터

봄마다 나의 이마엔
파릇한 새싹이 돋아나고 있어, 훌쩍

지나는 빗줄기마다 머물렀다가, 흠뻑
진득한 향기에 취해선, 폴짝
너를 닮은 무지갯빛 그림자를 날리고 있어

앉는다는 것
언젠가는 툭툭 털고 일어나 가던 길을 간다는 것
차마 붙잡지 못하고 손등으로 안는다는 것
변치 않는 건, 부빈 살을 통해 덜어낸 아픔
깊숙이 자리잡아 마침내 새로운 뿌리를 틔운다는 것
구부러진 두 잎사귀가 서로를 받침으로 어루만지며
한 송이 알록달록한 꽃으로 피어난다는 것
누군가는 짧은 스침이라 코웃음 친대도
기억 속에 있는 한 결코 시들지 않는다는 것

고마워, 그늘이 되어줘서, 나의 위로
폴짝 날아올라 그대로 떨어져 줘서, 너의 위로
아찔하게 드리운 터널 속 작은 등불로 거듭나는
나의 의미를 비로소 찾게 해줘서, 우리의 위로

비스듬히 펼쳐진 하늘 총총 돋아난 별자리는
이불도 없이 앙상한 새벽을 감싸며
어지러이 흩날리는 깃발을 가두는
한 송이 아늑한 문진이 될 거라고

너의 집 앞에서

굳게 닫힌 엘리베이터를 마주 보고 서 있다. 뒤로는 칠흑 같은 계단. 비상구 표시. 이따금씩 울려 퍼지던 쇠붙이 소리와. 직사각형의 창문과. 가까스로 걸쳐진 달 하나. 벽 위로 겹쳐진 그림자만이 차디찬 허공을 어루만지고. 50일 전쯤이었나. 여느 때처럼 너를 바래다주던 길. 나는 저 엘리베이터 속에서 너는 지금 내가 있는 이 자리에서 각자 조명을 받으며 그보다 환한 미소를 띠며 서 있었지. 패딩 주머니에 손을 넣으면. 반짝 그림자를 삼키던 센서등. 곧이어 하얀 점이 눈동자를 가득 메우고. 읽어도 읽어도 좀체 스며들지 않던 말들.

시집의 한 페이지였다. 너는 이제 저 빨간 숫자의 모양으로 나를 향해 끊임없이 날아오고 있다. 1에서 출발한 그 수없는 깜빡임들. 너일 것이었다가* 네가 되기 전에 사라졌다가 거의 네가 확실했다가 그대로 지나치며 비눗방울처럼 터지고야 만다. 혹은 물리학책 접힌 귀퉁이. 이 문이 열리기 전엔 너의 답을 확인할 수 없지. 그래도 열어보시겠습니까. 네 열어주세요. 띵. 어쩌면 수학책이었으려나. 너는 점근선이 되어있었네. 달려도 달려도 좀체 닿을 수 없는.

삐걱이는 그넷줄에 우리의 이야기를 실어 보낸다. 옛날옛날 아주 먼 옛날에 바닷새랑 그 새를 사랑한 임금이 살았대. 임금은 새를 너무나 사랑해서

---

* 황지우 〈너를 기다리는 동안〉

새를 위해서 자기가 좋아하는 노래를 부르고 좋아하는 춤을 추고 좋아하는 고기랑 술을 먹였대. 그래서? 그래서 새는 너무너무 슬펐대. 그래서 내가 새야 임금이야 고기야? 참 그냥 옛날이야기라니깐.

  영원히 너는 알 수 없을 것이다. 밤새도록 찍찍 긋고 옮겨 적었던. 버스에 앉으면 바지 한 켠을 툭 비집고 나오던. 달리는 내내 땀에 절어 봉투가 다 흐물거리던. 딛는 발자국마다 수백 번씩 망설이다 주춤하다 건네던 손길과. 마침내 다가올 너의 향기와. 직사각형의 확신과. 가까스로 걸쳐진 의심과. 걷잡을 수 없이 차오르던 그림자. 아무리 세차게 팔을 휘둘러도 켜지지 않던 센서등을 지나. 끝내 조각조각 찢어발겨 던져버렸던. 난데없이 내린 눈을 맞은 화단 한구석. 아직도 그 자리엔 풀 한 포기 돋지 못한다는. 꿈같은 그 사실도.

점선을 따라 접으시오

종일 조몰락거렸네
책상 가득 얇게 드리운
당신의 전개도

스치던 뒷모습을 향해
그저 팔을 뻗었을 뿐인데
순간 뭔가 잡히길래
무심코 당겼을 뿐인데
맥없이 풀리며 주저앉던
흘씨 같은 속눈썹, 그 흩어진 잔해

쭈그려 팔꿈치로 소중히 끌어모아
순간순간의 먼지 빛 한 줌까지 다 털어 넣고
고이 접어 서류 파일로 철해서는
꼬옥 품에 끼고 다녔었지

좀처럼 끝이 안 보이던 터널 안
기억 속 접힌 자국 뺀질나게 들락거리며
뗐다 붙였다 구겼다 폈다 드디어 완성
은 어림없고 이내 허물어진 더미에

깔려 울먹거리곤 했었는데

안돼
그곳을 풀칠하면
내가
내가 아니게 되어버려

미안합니다
발등이 혓바닥에 붙었네요

맞는 것 같지, 요게 귓구멍
바짝 붙어 속삭여줘야지
도대체 어디로 숨을 불어넣어야지
다시 부풀어 오를 겁니까, 빵실
빵실 목덜미를 덥히던 그 미소, 언제까지나
킁킁, 근데 아까부터 이 냄새는 뭔지

아침이 밝으면
얼기설기 맞춰진 당신의 조각들을 두르고
벌어진 틈은 핀으로 쪼매서 스탬플러로 박아서
끈으로 칭칭 감아서

누구보다 힘차게 걸어갈 거라고
아무도 모르게, 새롭게 거듭나며
발바닥을 물고서 손으로 돌부리를 튕기며
빵실빵실 향긋한 냄새를 풍기며

언제까지나

　　　　　　　:
　　　　　　　:
너는나　　無　　나는너
　　　　　　　:
　　　　　　　:

당신의 뾰루지

당신의 뾰루지 위에 잠들고 싶다

힘겹게 눈꺼풀을 들어 올려
세면대 거울 앞에 마주 섰을 때
맨 처음 시선이 닿는 그 자리
그 자리에, 나는 머물고 싶다

북북 그어진 일기장이 머물던 창가
뽀얀 얼굴을 비추던 달빛의 이야기와
귀뚜라미 울음 속에 묻어 둔 속삭임
그 오래된 흐느낌에, 나는 귀 기울이고 싶다

모두가 외면하는, 당신마저도 숨기고픈
그러나 당신을 이루고 있는 그 모든 것들에
살며시 다가가 입 맞추고 싶다

당신을 당신이게 하는 것
당신만의 디테일

어둔 구석에 내팽개쳐질 때에도

내 맘 속 가장 밝은 자리는 언제나
언젠가 당신이 따다 준 그 별들로
한가득 넘실거린다는 사실을

툭
가라앉으며

가려도 튕겨내도
기어코 돌아오는
당신만의 무언가가 되고 싶다

당신의 주파수

불이 꺼지고
방송이 시작된다

어둡고 작은 나의 방은 오늘도 그렇게
너를 닮은 바람으로 채워진다

기억의 잡음 속
얼룩처럼 배어든 너의 목소리
숱한 아픔과 번민의 파도를 헤쳐
아무리 멀리 팔을 뻗어보아도
아무리 천천히 기억의 다이얼을 더듬어보아도

너는 잡히지 않고
자꾸만 꿈속을 알짱거리고
참으려마 참으려다 차마
삐져나온 사연이라 귀퉁이에 주워 담아
뾰족하게 접어다 날려버렸던 것이다

그대는 어떤 사람인지
그 어디에서 그 노랫소리에 날개를 달았는지

그곳에서 그대도 나를 향해 팔을 뻗고 있는지
그 어떤 떨림으로 울어야 그대를 향해 다가설 수 있을는지

답해줄 수 있다면
이곳을 향해 살포시 날아와 주기를
언제나처럼, 나를 향해 보냈던 그 떨림으로

그토록 찾아 헤맸던
당신만의 주파수로

길찾기

마음이 고단한 날엔 슬그머니 지도를 켭니다

주황색 지붕 밑 리어카 옆 개집을 지나 스무 걸음 수돗가에서 잠시 물 한 모금 과수원 가장자리를 따라 걷다 보면 어느새 다 허물어가는 담벼락 거기 개구멍이 보이나요? 우거진 수풀에 애 좀 먹을 수도. 불거진 철사에 베일라 조심하셔요

네, 다 묻어두고 왔습니다
주머니 속 편지, 귓불을 스치던 바람
카라에 붉은 자국, 셔츠에 머리카락
내내 걸리적거리던 운동화 속 자갈 그 한 톨까지도
뒤돌아 손 털 때의 그 후련함이란

그저 걸었습니다. 정처 없이. 교차로 신호 따라 일사불란하게 들썩이는 어깨들에 쫓기며. 아침 지하철 인파에 떠밀려 그 속에 깊숙이 숨은 채로. 마치 처음부터 목적지가 있었던 것처럼. 당장 어디라도 가지 않으면 안 될 것처럼. 머리 위로 얼굴보다 큰 화살표를 띄우고서. 함부로 뜯긴 꼭지 아래 멍든 광대를 문지르며. 유월의 무성한 잎사귀 사이 점점이 내리쬐는 햇살을 받으며. 튕겨 낸 그 자리 팔 뻗어 애써 쥐어보며 더듬거리며. 허리춤에 붙은 티끌 닦아대며 후후 불어대며. 애꿎은 흙덩이만 계속 발길질해댔습

니다. 할 수 있는 일이라곤 그저

위아래 삐죽 화살표 살포시 눌러
그 자리와 이 자리를
한번 바꿔보는 일

어째서 경로를 찾을 수 없습니까
계속해서 유리창을 쪼아대는 앵무새

문자가 왔습니다. 없던데요 편지
전화가 울립니다. 구멍 같은 게 어덨다고
알림이 뜹니다. 담벼락이 감지되지 않습니다
주파수가 지직거리고. 네 이곳은 공사현장입니다
TV가 켜집니다. 갈라진 대지 위로 모래바람만이
확성기에서 울려 퍼지는 다급한 목소리
누군가 문을 두들깁니다

나는 유령입니다

허니 가이드

달포 남짓 피운 그 빛깔이
언제나처럼 기억되는 풀과 나무들처럼

가끔은 아주 가끔은
나도 그대도 활활
타오르던 그때 그 향기를 품어보곤 한다, 문제는

고도가 달라도 한참 다르다는 것, 여기는 골짜기
그곳은 등성이 어딘가쯤, 견우야 견우야
솟은 가지 무성한 잎새 조각 난 구름 속 숨겨진
아련한 광채를 향해 내내 팔을 휘저어보지만
끝내 등을 돌린 채 손을 모아 울부짖을 뿐

찬란한 그대의 시간 아직 나는 움츠렸기에
겨우 어깨를 짚은 그댄 진즉 고개를 수그린 후이기에
흐트러진 악보 더미를 한창 헤집고 더듬다 보니
돌림노래 속 불협화음의 숲이 외려 이젠 편안하다

어쩌다 마주친 그대 목소리가 딱
나와 같은 음으로 울려 퍼지던 날도 있었다

그 안에 드리운 번득이는 붉은 점을 목도하고
밀려드는 찌릿한 향기에 하마터면 쓰러질 뻔도 하지만
이내 고개를 흔든다, 뚫고 나오려는 것을 애써 욱여넣고서
알록달록 이파리 대신 붕붕거리는 날개를 붙이고서
심화 전공으로 그대를 택한 대학원생의 마음으로
무한하리라는 그 결심 아직 건재하다는 격한 몸짓으로
주위를 서성이며 관찰하고 또 연구한다
긴 속눈썹 둥근 콧망울 도톰한 입술 달콤한
숨소리 그 아찔한 향기를 기록한다
차마 뒤엉키지 못한 채 멀찍이서
불살라 사라진대도 좋을 그 순간을 기약한다
한참을 그러고 나면 그제서야 깨닫게 되리라

더 이상 흥건한 꽃가루는 없어도
매서운 바람에 가지만 앙상하더라도
이제껏 짚어 온 모든 한 걸음걸음이
그대가 내 안에 아로새긴 소중한 깃발이었다는 것
그 길을 따라 닿을 깊숙한 그 어딘가 똑똑
남모르게 모아온 그윽한 샘물이
졸졸 지하수가 되어 흐르고 있을 거라는 걸

맞잡은 두 손만으로
사시사철 만발하는 우리들의 숲

---

* 허니 가이드(honey guide): 꽃에서, 꿀이 분비되는 부위가 다른 부위와 구별되는 빛깔이나 반점 따위를 띠어 다른 부위와 특별하게 보이도록 배치하는 현상. 벌과 나비에게 꽃이 건네주는 이정표이자 달콤한 내비게이션.

그늘에 말려야 푸르러진다

양말을 벗고
어깨를 물고 있던 책가방도 던지고
그냥 누워 있었습니다

이렇게 가만히 누워
동그라미 형광등을 바라보고 있노라면
눈동자 속을 파고드는 후프 하나가

발끝까지 쑤욱
훑고 지나갑니다

눈을 감아도 불이 꺼져도
하얗게 꿈틀거리던
그 고리

토성일까요
어쩌면 내가
천사가 된 걸지도
모르겠습니다

---

* 정다연 시집 〈햇볕에 말리면 가벼워진다〉 책 제목의 변용

어느 오후에

창틀에 눈꺼풀을 걸어놓고서
상념의 고삐를 그저 놓아 버리면-

　하늘이 보인다
흘러 흘러 저 구름 따라
지친 얼굴 저무는 바람에 입 맞추고 달아나고픈-

　구름이 움직인다
기타 멘 나그네의 허기진 마음 담은
시린 멜로디, 그러나 흥겨운 발걸음같이-

　바람이 불면
문득 그리워지는 그 아이의
조그만 손에 쥐어있었던 플루트의 은빛 입김처럼-

　혈관 속엔 피가 흐르고
해 차고 달 비는, 그런 하루 같은 삶을 찾는 나에게
뜨거운 가슴이 말해주는 낭만이란-

　콧구멍 속으로 공기가 왔다 갔다 거리겠지

이대로 홀홀한 가슴 안고서 푸른 하늘 속을 헤엄치고파-

  그리고 심장이 뛴다

그렇게, 내 뜨거운 시선을 피해
창틀을 뚫고 도망치려는 아기 구름을
붙잡으려 살며시 하늘에 손 내밀면

고 푸른 빛깔이 소매에 스며들어
살갗에조차 물들어버릴까 봐
고대로 녹아 날아가버릴까 봐

그만 두근거리고 마는-
왠지 좋은 일이 생길 것 같은
어느 오후에

너와 나

빈
유리알이었다. 그리고
네가 있었다

너를 보았고
네가 비치었고
너를 띠게 되었다

너를 알고 팠고
너는 빛이었고
너로 보게 되었다

너뿐이라서
넓은 마음이라서
널 본 세상이면 충분하다고

실은
나뿐이라서
나쁜 마음이라서
널 가두려 했던 거였다고

너도 나도 언제까지나
그 자리에 서 있었을 뿐
미움도 아픔도 모두
내 속의 짙은 안개 때문이었음을

마주 선 이여
그대를 사랑하기 위해
나를 사랑하겠습니다
그대로 사랑하기에
나로 살아가겠습니다

너와 나
날개 두 쪽으로 거듭나
함께 펄럭이는 그 순간을
위하여

<독후감>

프로방스를 여행하며

뤼르봉 산의 목동과의 만남

 여름방학 동안 나는 프랑스의 남동부에 있는 프로방스 지방을 여행하였습니다. 꽤나 긴 여행이었지만 가방은 전혀 무겁지 않았습니다. 알퐁스 도데의 〈풍차 방앗간 편지〉 한 권만 있으면 되었거든요.

 한나절 동안 프로방스의 아름다운 자연경관을 구경하며 풍차 방앗간도 들러서 토끼, 다람쥐들과 놀아보기도 하고, 세갱 아저씨의 염소도 만나고, 해안가에 있는 등대도 구경하였습니다. 어떤 때는 황금 두뇌를 가진 사나이의 이야기도 듣고, 너무 예쁜 아내를 가지고 있어 골치가 아프다는 한 칼잡이도 만나 보았습니다. 짧은 시간 동안 너무 많은 곳을 돌아다녀서인지 오후가 되자 몸이 나른해졌고, 서둘러 하룻밤을 보낼 숙소를 찾았습니다.
 앞서 말하였듯이 나에게는 돈도 먹을 것도 없이 책 한 권만 있었습니다. 당연히 마땅히 묵을 숙소도 없었지요. 수소문 끝에 찾은 곳은 뤼르봉 산의 한 목동의 오두막이었습니다. 땀을 뻘뻘 흘리며 올라온 언덕엔 새하얀 양과 염소들이 목동의 손짓에 따라 울타리 안으로 들어가고 있었습니다. 여행을 시작할 땐 아침이었는데 이제는 벌써 해가 먼 산 너머로 뉘엿뉘엿 서물어 가고 있었습니다. 조금씩 연보랏빛으로 물들어가는 하늘, 구름 사이로 비쳐 오는 햇빛, 그리고 연둣빛 풀밭 위에서 울타리 문을 닫고 있는 목동……. 나에게는 퍽이나 인상적인 풍경이었습니다. 허름한 양털 옷을 해

입었지만, 그는 입가에 항상 미소를 머금고 있었습니다.

그는 나를 반갑게 맞이해 주었습니다. 긴 여행 동안 얼마나 고생이 많았냐며 나에게 따뜻한 코트와 염소젖 한 컵을 주었습니다. 그러면서 곧 어두워질 것이니 오두막 안으로 들라는 것이었습니다. 하지만 어째 벌써부터 잠이 들기는 싫었습니다. 몸은 많이 피곤했지만 밤하늘에 반짝이는 별빛을 보며 목동이 사는 이야기를 듣고 싶었거든요.

우리는 마을이 내려다보이는 언덕에 앉아 따뜻한 차로 몸을 녹이며 밤하늘을 바라보았습니다. 세상은 어두웠지만 어디든지 다 볼 수 있었습니다. 언덕 위 잔디의 푸르름, 나무에 걸린 반달, 하늘에 박힌 별들, 그리고 우리들의 눈에서 뿜어져 나온 맑은 빛이 세상을 환히 밝혀 주었거든요. 흘러가는 밤하늘을 바라보고 있노라니 어느새 가슴은 숭고함으로 벅차올랐습니다.

그는 이야기보따리를 하나씩 풀어나갔습니다. 맨 먼저 어제의 일부터 말해주었습니다. 어젯밤에 다녀간 주인댁의 스테파네트 아가씨 이야기였습니다.

그에게는 보름마다 한 번씩 사람이 와서 식량을 전해준다고 합니다. 그런데 어제는 그날따라 늦게 오는 것이었습니다. 기다렸지만 해가 중천에 오도록 사람이 오지 않았다고 합니다. 그런데 아, 이게 웬일일까요, 주인집의 스테파네트 아가씨가 대신 음식을 갖다 주러 온 것입니다. 목동은 어여쁜 아가씨 모습을 보는 것만으로도 행복했습니다. 그렇게 아가씨를 돌려보내고 양 떼를 몰고 있는데 저녁때쯤 아가씨가 갑자기 돌아왔습니다. 왜냐고요? 소나기 때문에 개울이 불어나 집으로 갈 수 없게 된 것이지요. 시간도 너무 늦었고 밤이라 위험해서 결국 아가씨는 목동의 오두막에서 함께 밤을 지새우게 되었는데, 그는 아가씨가 불안해 할까 봐 여러 가지 별이야기를 해 주었답니다. 아가씨는 이야기를 들으며 그의 어깨에 기대어 잠이 들었고, 그 잠든 얼굴을 바라보며 목동은 언제까지나 아름다운 마음으로 밤을 지새웠다고 합니다.

　엎드려 턱에 손을 괸 채 이야기를 들으며, 아가씨를 떠올리는 그의 표정을 살펴보았습니다. 허공을 바라보며 뭐가 좋은지 히죽거리고 있는데, 그 웃음 속에서 나는 아가씨에 대한 애틋한 그의 마음을 엿볼 수 있었습니다.
　"아가씨를 좋아하시나 봐요."
　내가 그렇게 물어보자, 그는 고개를 떨구었습니다. 그리고는 애써 태연한 척 한 손으로 풀만 뜯고 있었습니다. 밤이라 어두웠지만 그의 붉어진 얼굴을 알아볼 수 있었습니다.
　나는 조용히 밤하늘을 바라보았습니다. 정말 수많은 별이 떠 있었습니다. 나도 조용히 목동처럼 별들의 순결하고 아름다운 마음을 느껴보려고 하였습니다. 하나, 둘, 셋…… 어느새 나의 까만 눈동자 속에는 샛노란 별빛이 가득 담겼습니다. 그것은 나만이 볼 수 있는, 나만의 밤하늘이었습니다.

　"별들도 결혼을 한다는 거 아세요?"
　갑작스러운 그의 물음에 나도 모르게 눈을 깜빡이고 말았습니다. 그리고 언제까지나 계속될 것 같던 그 밤하늘은 사라져 버렸습니다.
　"정말이에요?"
　아쉬운 마음이 들었지만, 태연하게 대꾸하였습니다. 그러자 그는 나에게 별들의 결혼과 더불어 여러 가지 별들의 이름, 그와 관련된 신화들을 가르쳐 주었습니다. 아무것도 모르는 나는 그저 듣기만 하였지요. 그러다가 졸음을 참지 못하고 오두막으로 들어가 버렸습니다.

다음 날 아침, 그가 주는 염소젖과 빵을 먹고 다시 책을 들고서 서둘러 떠날 채비를 하였습니다. 아직 프로방스 지방에 못 가 본 곳이 많았거든요. 그는 들판 끝까지 나를 바래다주었습니다. 그와 아가씨와의 추억, 그리고 별들의 이야기를 디디는 발자국과 함께 마음속에 새기며 산을 내려갔지요.

뤼르봉 산에서의 목동과의 만남으로 소중한 추억을 가지게 되었습니다. 아름다운 목가, 시원한 바람의 노래, 별들의 춤사위, 그리고 양 떼들의 하얀 물결…… 이런 대자연과 함께했던 시간도 즐거웠습니다. 하지만 무엇보다도 나를 설레게 했던 것은 '아가씨를 향한 목동의 순결한 사랑'이었습니다. 그는 그의 어깨에 기댄 아가씨를 '가장 가냘프고 가장 빛나는 별님'이라고 했습니다. 그날 밤, '그 맑은 밤하늘의 비호를 받아, 어디까지나 성스럽고 순결함을 잃지 않으려' 했던 그의 가슴은 그 무엇보다도 소중하고 값지지 않았을까요? 덕분에 나도 가슴 가득 아름다운 기억을 담아가게 되었지요. 우리네 세상이 이렇게 각박하고 험해도 하늘의 별처럼 아름다운 사랑을 하는 인간이 있음을, 하늘 아래 별빛 속에서 인간이 이토록 숭고할 수 있음을 깨달았습니다.

사람들은 이미 '순수함'이라는 감정을 잃어버린 것 같습니다. 별똥별이 떨어지는 것을 보며 "어떤 영혼이 천국으로 들어가는 겁니다."라고 말했던 목동을 생각해봅니다. 그리고 돈과 욕망에 찌들어 세상을 삐딱하게 보는 우리의 모습과 비교해봅니다. 나는 목동의 사랑을 보며 가슴 어딘가 뭉클함을 느꼈습니다. 이미 순수함을 그리워하고 있었다는 증거겠죠. 모질고 험한 세상이 지겹고 힘들 때, 우리의 어릴 적처럼 순수하고 깨끗한 마음을 가져보세요. 그렇게 아름다운 마음으로 모든 일을 한다면, 우리는 이미 하늘의 별이 되어있을 겁니다.

역마차에 몸을 싣고 다음 행선지로 향하였습니다. 차창에 기대어 눈을 감아봅니다. 역시 그곳에는 어제 사라져 버렸던 나만의 밤하늘이 남아있었습니다. 조용히 숨을 참고, 어제 못다 샌 별들을 조금씩 세어 나갔습니다. 그때였습니다. 두 개의 샛노란 별이 꼭 하나처럼 붙어 수줍게 반짝이고 있었습니다. 아마도 저것이 별의 결혼일 거라고 생각되었습니다. 하나는 '목동', 그리고 하나는 '스테파네트'라고 이름 지어주었습니다. 산속의 나의 친구도 지금쯤 그만의 눈부신 별빛들을 가슴 속 밤하늘에 쏟아놓고 있을 겁니다.

---

* 제2회 경남 초중등 학생독후감 공모대회 최우수상 수상작 (2004)

〈해설〉

지금 배달 갑니다, 날카로운 우리들의 어퍼컷

입안 가득 구르는 언어들로 감각해 낸,
세계 틈새의 정밀한 기록

태 이

첫 장에서 우리는 돌연 매머드 화석, 그리고 그 앞에 웅크린 작은 인간의 형상을 발견한다. 호모 티모로수스 —"겁 많은 인간"—는 〈어퍼컷〉의 세계관을 그 조그만 어깨에 걸머지고 달려나가는 시적 자아이다. 그는 마치 언어로 이루어진 하나의 감각기관 같다. 이 존재는 불안한 시대 속에서 작고 가벼운 몸을 웅크리고 있는 것처럼 보이지만, 그의 꽉 쥔 주먹 속에는 굳은살을 만들며 깊숙이 파고든 차돌이 있다. 그걸 힘껏 움켜쥔 채, 투명한 거미줄로 의미들을 이어나가며 달리는 그의 날랜 등을 눈으로 좇으며 이 시집을 읽어 나가다 보면, 어느새 무심한 뒤통수에 문득 날아드는 차돌에 정신이 번쩍 들 것이다. 그는 한사코 자신이 겁 많고 수줍으며 지질하고 안쓰럽다고 강변하지만, 세계의 미세한 균열 틈새로 의미들을 재발견하는 높은 감도란 결국 겁먹은 자들의 것이다. 공룡과 골리앗만큼이나 거대했기에 결국 스러지고 만 과거의 육중한 마른 뼈 앞에서, 겁먹고 땅굴을 파고 숨어들었던 작은 포유류의 후손은 살아남았다. 살아남아 따뜻한 살을 서로 부비고, 귀를 쫑긋 세우고 코를 벌름거리며 재빨리 주변을 둘러보다가는 온 힘을 다해 지금을 달리는 것이다. 공룡이 사라져 간 지질학적 시간을 넘어, 이제 막 눈앞에 다가온 시적인 순간을 달리는 것이다.

  이마냥의 시어들은 이불 밑의 완두콩처럼, 진술하지 않고서는 배겨낼 수 없는 밀도 높은 의미의 목록이면서, 입안을 이리저리 구르다 터져 나오는 물리적 실재이다. 그것들은 끊임없이 변형하는 물질이다. 쫀득하게 잇새에 길게 들러붙다가는, 돌연 톡 하고 터져 버린다. 요컨대 씹는 맛이 있다. 시상은 이 쫄깃한 말들을 순차적으로 딛으며 도약한다. 허세와 현학, 부당한 권위에 저항하려는—아무래도, 겁 많은 이는 할 수 없는 일이다— 소년이 속사포처럼 쏘아대는 중얼거림, 이미지들의 압력이 문학과 현실 사이의 반투과성 막을 통과하여 독자의 세계로 밀려 들어온다.

  바이러스처럼 우리 삶에 무수히 침투하는 눈에 보이지 않는 불온한 영향력('바이러스') 앞에서 중요한 것은 '쪽바르게 가는 마음, 저 구름 너머 / 쪽빛 하늘에 핀 쪽달 우러러 / 쪽팔린 줄 아는 마음'이다. 1부 표제로 선택된 바로 그 중요한 마음이다. 이 마음은 무감각한 현실에 균열을 일으키는 수단이다. 그는 주어는 없다고 얼버무리다가도, 이내 버티고 서서는 주먹을 휘두르는데, 그가 주먹을 휘두르고픈 대상은 현실에 거대하게 버티고 서서 우리를 내려다보는 실재이며('어퍼컷', '행위예술가 K'), 우리를 짓누르는 관념적 구조물이다. 무거운 장애물들 사이를 '뺀질나게 돌아댕기고' '펄떡거리는' 격렬한 동세, 그리고 색감보다는 소리-촉감-동세로 존재하는 온갖 이미지들 속에 우리가 일상 속에서 만나는 레퍼런스가 자연스레 감겨든다.

  무겁고 불합리한 세계와 나, 그리고 연대하는 개인들이 대결하던 1부에서 2부로 넘어오면서, 서로 다른 농도를 가진 세계들이 만나는 접점에 서면 삼투 작용은 조금 더 은밀하게, 생으로부터 짜디짜게 물기를 빨아들이는 일상적 폭력이다('오스모시스'). 2부에서 호모 티모로수스는 통닭을 사고 양치를 하며 병원에 가고 운전을 하고 출근을 하는데, 그 풍경 중 어느 하나 심상한 것이 없이 낯설어 독자들로 하여금 '자메뷰'를 느끼게 한다. 이 풍경들의 틈 사이사이에서 시로 적은 시론들('삼중점', '포즈', '촉진')로부터, 시인이 마치 물리적 세계에서 자유 낙하하며 열역학적 균형점을 찾아가는 것과 같은 감각으로 시 세계를 탐색해 나아가고 있음을 엿볼 수 있다. (아까 말했지, 그는 하나의 감각기관이다.)

3부는 또 어떤가, 우리 민족의 대표적 말장난(?)인 '아버지가방에…'로 시작하는 3부에서는 그가 쭈그리고 앉아 어린 시절로부터 길어 온 언어를 주무르며 조형하는 작업을 엿볼 수 있다. 그는 이를 말의 흙장난('시: 말의 흙장난')이라 부른다. 빈 깡통 박박 긁고 고운 흙 마구 후벼보며 '밀려오는 말의 부스러기'를 끌어모아 공주님과 왕자님이 입장할 모래성을 세우고, 불 뿜으며 들이닥치는 거대한 용의 이글거리는 눈동자에는 모래 한 줌 끼얹으면 그만이지만, 잠시만 돌아서도 그 행복의 자리는 차오르는 물살에 허물어진 지 오래다. 그래도 다시 끈질기게 반복되는 흙장난을 계속 지켜보고 있노라면, 언뜻 의식 속에서 무작위하게 선택된 것 같은 의미들이, 어쩌면 설계된 우연 속에서 가장 섬세한 스파크를 일으키는 것을 관찰할 수 있다('구구단을 외자'). 이쯤 되면 유머 감각과 의리와 69통의 응큼함으로 신이 빚은 이마냥이 끝내 시인이 되고 만 것을 축하하는 수밖에 없다.

이 지독한 낭만주의자로부터 사랑 이야기를 빼놓을 수는 없겠다. 인류 최초의 시는 가슴을 아프게 간질이는 사랑을 어떻게 할 수가 없어서, 누군가의 가슴으로부터 어느 봄날 비명처럼 터져 나오지 않았을까. 툭하면 시를 머리로 읽는 나—'T발 씨'—지만, 4부에 대해서는 굳이 인용하지 않겠다.

여기까지의 오독으로도 부족해서, 폭발적 창작력과 예리한 언어적 감각, 의미들을 직조하는 직관적 능력에 대한 숨길 수 없는 질투와 경의, 애정과 욕심을 담아, 차돌 쥔 주먹을 올려 꽂으려 달려가는 호모 티모로수스의 등 뒤에 지질한 사족을 중얼거려 본다. 1부에서 시적 해체를 거치지 않은 의미들이 직설적인 날것으로서 던져져 눈앞에서 펄떡이는 충격과 효과는 명확했다. 그러나 어떤 시적 선언들은 언어적 상상력이라는 낙하산이 충분히 펼쳐지기 전에 이미 지상에 내리꽂힌 듯한 느낌을 받았다. 그의 역량을 알기에 굳이 아쉬워 한 마디 덧붙여 본다.

시인이 묘사한 총 든 사람들과 바리케이드가 지키는('조개껍질 묶어') 세계가 우리 머리 위에 실 한 올에 매달린 칼처럼 늘 드리워 있었다는 사실이 무겁게 드러난 2024년 12월(그러니 역시 앞의 사족도 배부른 소리에 불과할지 모르겠다), 이 시집에 헌사할 글 한 편 쓸 기회 얻음에 기쁨과 수줍음이 교차한다. 균열 너머를 엿볼 눈 없던 자라도 이제 누구나 볼 수 있도록, 현실을 감싸고 있던 위태로운 얇은 막이 저기 처참히 찢어진 채 펄럭이고 있다. 그러니 이제는 '날카로운 우리들의 어퍼컷' 배달을 가야 할 시간이겠다. 무엇 하나 확실한 것이 없는 이 추운 날, 창백해진 햇빛이 비스듬히 비쳐드는 오후 이 글을 쓴다. 이 글은 '한없이 귀엽고 섹시하고 유쾌하고 싶은 부끄럼 많은 한 소년'에게 보내는, 할 말을 고르고 고르며 갈무리하다 결국은 몇 마디 하지도 못해 동인의 일원임에 늘 부끄러움을 느끼는, 또 한 명의 겁 많은 동료 인간의 헌사다.

'어쩔 수 없잖아, 시 쓰기는 증상이고… (중략) 사람들이 시를 더 많이 읽었으면 좋겠다 / 까놓고 말해서 / 그중에서도 내 시는 더 각별했으면 좋겠다'는 그의 시는 마땅히 '송이' 단위로 세어야 할 것이다. "마침내 여기 가녀린 시 한 송이가 피어났다"고 선언하는 시인의 시들은 굵고 실하고 싱싱한 풀꽃다발이다, 종일 바삐 오가는 구둣발과, 연말 예산이 남을 때면 수시로 갈아엎는 보도블럭 틈새를 비집고 기어이 솟아나는 뿌리의 힘이다.

그리하여 이제 저 앞의 세계를 투명한 거미줄을 이어가며 구르고 날며 달리는 소년의 등을 바라보며, 그의 시어를 입안으로 굴리며 되씹어 보라. 문학의 힘은 세계로 흘러들어오라.

아 그리고, 이 시집을 읽어서 참, 정말, 좋았다.

2024. 12. 10.
「시와 지성」의 친구 태이가 존경과 사랑을 담아.

---

* 태 이: 잘 쓰지는 못해도 좋아하는 마음은 진심입니다.
　　　　낡은 채널을 늘 열어두고 수시로 꿈을 수신합니다.
　　　　환경과 관련된 일을 합니다. 담요와 인형을 좋아하는
　　　　게으르지만 친절한 사람, 「시와 지성」 동인.

그때도 알았더라면

지금 알고 있는 걸 그때도 알았다고 한들
별달라질 건 없었을 거다
어쩌면 더 불행해졌을지도

이 순간 숨을 쉬고 있는 나는
지난날 저지른 모든 잘못과 실패와 좌절의 총체

막히는 문제마다 맨 뒷장을 제껴
풀이를 훔쳐보는 그 마음이라면

뭐 편하긴 하겠지
언젠가 내 이마에 빨간 빗금이 칠해질까 봐
길을 잃었다고 손가락질당할까 봐
손바닥만 한 지도 속 아는 길만 걷게 되겠지만

세상은 너무나도 편리해졌고
손안에서 앉은 자리에서 모든 것을 찾을 수 있고
찾을 수 있다고 굳게 믿고 있고
못 찾는 것은 내 능력이 부족한 탓이고
부족한 능력을 들키지 않으려 검색 또 검색
결국 아무것도 하지 못하고 클릭 또 클릭
방대한 정보 속에 가장 알찬 것만 추려서
최대한 시행착오를 줄이고 싶다곤 하지만
실수의 아찔함 없이 주워 먹은 것들은
끝내 소화되지 못하고 탈 나기 일쑤
오늘도 변기통에 고개를 처박은 저 사람
맞아 그게 나야

가끔은 내일의 호수 위로 한 번씩 나를 던져보련다
주춤하고 가로저었던 모든 가능성 위로
통 통 통 튕겨지며 입을 맞추는
뒷장의 휘황찬란한 공식들을 보란 듯이 비웃는
무식하지만 용감한 나만의 해법을 적어 나가보련다

지금 모르는 것이
내일의 행복이 될 수 있도록

12월 4일 수요일 비 때로 눈

간밤에 마당에 있던 감나무가 벼락을 맞았다
한쪽이 그을린 채 다 헤집어져 있었다
천장을 뭉갤 듯 달려드는 굉음에
밤새 한잠도 이룰 수 없었다

형아가 벼락이 아니라고 했다
호환 마마보다 더 무서운 안개에 휩싸인
누군가 일부러 불을 지른 것 같다고
다행히 어른들이 나서서 금방 꺼졌지만
아직도 버젓이 주위를 돌아다니고 있다고
정말이라면 큰일이다, 수틀리면
언제든 다시 쳐들어올 수 있다는 얘기니깐

어찌 되었건 감나무는 살아남았다
이 눈이 녹으면 어김없이 잎사귀가 빚어지고
방울방울 종들이 가지에 맺히며 땡그랑거릴 것이다

작대기를 들고 탱글탱글 영근 감을 따다
주렁주렁 꼬챙이에 꿰어서 말리면
밤마다 심심한 입속을 달콤하게 적셔 줄 곶감
하나 주면 안 잡아먹지, 눈을 감으면
어김없이 누군가 작대기를 들고 나타나
귓구멍 목구멍을 꿰려고 달려들었다

비만 오면 동사무소에 가서
등본을 뗀다는 여자 얘기를 들은 적이 있다
할머니는 지금도 천둥 번개가 치면
이불 속에 들어가 귀를 막는다
어른들이 돌아가면서 불침번을 서기 시작했다

아이들은 이제 젓가락질보다
잠들지 않는 법을 먼저 배운다